बयान

(लघुकथाएँ)

बयान

चित्रा मुद्गल

वाणी प्रकाशन ग्रुप

भारतीय ज्ञानपीठ

वाणी प्रकाशन : भारतीय ज्ञानपीठ की पुस्तकों के एकमात्र प्रकाशक एवं वितरक

लोकोदय ग्रन्थमाला : ग्रन्थांक 743

सजिल्द पहला संस्करण : 2004
सजिल्द दूसरा संस्करण : 2005
सजिल्द तीसरा संस्करण : 2025

वाणी प्रकाशन ग्रुप | भारतीय ज्ञानपीठ

वाणी प्रकाशन : भारतीय ज्ञानपीठ की पुस्तकों के एकमात्र प्रकाशक एवं वितरक

वाणी प्रकाशन

4695, 21-ए, दरियागंज, नयी दिल्ली-110 002
दूरभाष : 011-23273167, 23275710
ईमेल : sales@vaniprakashan.in
www.vaniprakashan.com

ISBN : 978-93-7112-717-2

मूल्य : ₹ 325

बयान

(कहानी-संग्रह)

चित्रा मुद्गल

BAYAAN
(Short-Stories)
by Chitra Mudgal

आवरण : अशोक भौमिक
मुद्रक : आर. टेक ऑफसेट प्रिंटर्स, दिल्ली-110 032

डॉ. धर्मवीर भारती को
जिनकी स्मृतियाँ—
समझ है
साहस है
दृष्टि है!

कौंध

आखिरकार लघुकथाएँ पुस्तकाकार रूप में जा रही हैं! कब से लिख रही हूँ मैं इन्हें, लिखते हुए लगभग तीस वर्ष हो रहे होंगे। जिज्ञासा हो सकती है और जो अस्वाभाविक भी नहीं होगी कि इतने लम्बे अरसे में इतनी कम लघुकथाएँ? लगने को यह भी लग सकता है कि इन्हें जिस शिल्प और शैली में अपनी मुद्रा अख़्तियार करनी चाहिए—है भी या नहीं! कम लिखने का कारण सम्भव है बहुत अधिक स्पष्ट न कर पाऊँ। इतना अवश्य कह सकती हूँ कि लघुकथाओं को मैंने उनके लघु-स्वरूप के बावजूद कभी सायास लिखने का प्रयत्न नहीं किया। सोच कर बैठी होऊँ कि आज मुझे दो-चार लघुकथाएँ लिख डालनी हैं। फलाँ-फलाँ पत्रिका से कुछ भी भेजने का आग्रह हुआ है और उसे भेजना है।

वास्तविकता तो यह है कि जबरन मेज पर बैठने से मेरे पास न सोच आता है न शब्द। जबरन मेज पर बैठकर मैं केवल उन्हीं कामों को निबटा पाती हूँ जिन्हें निबटाने के लिए मुझे रात ग्यारह बजे अपनी सोसायटी से लगे विशाल बगीचे में जाकर तन्हा टहलने

की जरूरत नहीं पड़ती। मेरी आहट सूँघ बगीचे का माली बगीचे के दाहिनी ओर एक कोने में स्थित अपने कोठरीनुमा घर से बाहर निकल मुझसे कहता है—"दिदिया, हम जग रहे हैं, आप टहलिए। चिल्लागाँव की तरफ मत जाइएगा!" शायद उत्तर इतना-भर ही है कि लघुकथा जब भी जनमी, कौंध-सी जनमी। कौंध के साथ ही उसने अपना बुनाव-रचाव स्वयं रचा। मैंने उसे दर्ज़-भर कर लिया। हाँ, आवश्यकतानुसार उसका परिष्करण भी। यह अलग बात है कि कभी उस क्षण पर्स में कागज़ कलम नहीं हुआ। हालाँकि ऐसा प्रायः मेरे साथ होता नहीं है। लेकिन कभी किसी समारोह में आते-जाते यह भी हुआ है कि मैंने स्वयं अपने भारी-भरकम बैग को संग ले जाना स्थगित किया है— यह सोचकर कि उस उत्सव-स्थल में ऐसे भारी-भरकम बैग को ढोने की आखिर उपयोगिता क्या है, जिसमें पेन, पैड, डायरी, विजिटिंग कार्डस् से लेकर लॉण्ड्री के बिल और वह चहेती पुस्तक भी जिसे पढ़ने का प्रलोभन मुझे उसे बैग में दुबकाये घूमने के लिए मजबूर किये हुए है कि जाने कहाँ किस रूप में कोई फुरसत हाथ आ लग जाए और मैं उसे, पढ़ने का सुभीता हथिया सकूँ!

ऐसे में कागज़ कलम की अनुपस्थिति छटपटा देती है। उस कौंध को पूरी कोशिश कर मैं दिमाग के किसी कोने में सुरक्षित रखने की प्राणपण से चेष्टा करती हूँ। मानकर चलती हूँ कि लघुकथा सुरक्षित हो गयी। मेरी चेतनता का परिश्रम व्यर्थ नहीं जाएगा। मगर घर लौटकर जब उसे कागज़ पर उतारने की मंशा से उसे स्मरण करने की कोशिश करती हूँ तो दिमाग के कोने-कोने को टटोलने के बावजूद वह हाथ नहीं लगती। हाथ लगता है केवल शून्य! जैसे उस तिजोरी में कभी कुछ रखा ही नहीं गया हो।

इन स्थितियों में जाने कितनी कौंधें बिला गयीं। न बिलातीं तो निश्चय ही उनकी संख्या अपने समय का कोई तो अनुपात देने में समर्थ होतीं।

यह मेरे लिए भी विस्मय से भरी मन्थनीय स्थिति है कि आखिर इन कौंधों में समाज अपनी रूपता-विरूपता की जिन भीतरी तहों को

उद्घाटित करता सफल-असफल जिस भी रूप में उपस्थित रहता है—निश्चय ही सतर्क अवचेतन कहीं अपनी गहन अन्तर्दृष्टि से उसे ओझल नहीं होने देता। अनजाने फिंगर प्रिण्ट्स वहाँ लिये जाते हैं और लिये जाते रहते हैं कि कुछ जरूरी छूटा हुआ इन सूत्रों से भी पहचाना-समझा जा सकता है और उसे जानने-समझने की आवश्यकता इस रूप में भी है। उसकी प्रहारात्मकता उसकी लघु कद-काठी का अतिक्रमण कर उस अणु के समान होती है जिसकी क्षमता और शक्ति को लेकर, किसी संभ्रम में रहना अपनी सीमओं में सीमित होने जैसा ही है

लघुकथा ने अपनी शक्ति का बोध अक्सर मुझे कराया है। 'फतहचन्द कन्या महाविद्यालय' हिसार की प्राचार्या शमीम शर्मा मुझे अपने कॉलेज में दो-ढाई वर्ष पूर्व एक कार्यक्रम के अन्तर्गत आमन्त्रित करना चाहती थीं। उतनी दूर जाने में उनके स्नेहिल आग्रह के बावजूद मैं कतरा रही थी कि बातों-ही-बातों में उन्होंने लगभग बाईस वर्ष पूर्व 'सारिका' कथा पत्रिका में प्रकाशित 'रिश्ता' और 'गरीब की माँ' का कथ्य उद्धृत करते हुए ऐसा छुअन-भरा पाठकीय विश्लेषण प्रस्तुत किया कि सहज भाव से मेरा लेखकीय मन अभिभूत हो उन्हें हिसार आने की स्वीकृति दे बैठा। इस कार्यक्रम में हिमांशु जोशी भी हमारे साथ थे। शमीम शर्मा से पहले कभी किसी रूप में भेंट का सुयोग सम्भव नहीं हुआ, मगर लघुकथा की सृजनात्मक शक्ति ने यह बोध अवश्य कराया, कलेवर में लघु होने के बावजूद उसका रचनात्मक प्रभाव पाठक के मर्म को गहरे उद्वेलित ही नहीं करता, उसके मानस गर अपना स्थायी प्रभाव छोड़ता है। लघुकथाओं पर प्रतिक्रिया स्वरूप पत्र-पत्रिकाओं में आनेवाले सुधी पाठकों के पत्र, इस गन्तव्य को और अधिक सुदृढ़ करते हैं। शमीम जी ने रमेश बत्तरा की भी कई बहुचर्चित कथाओं और लघुकथाओं का आत्मीय उल्लेख किया। सुनकर भीतर नम हो आया। रमेश बत्तरा अपनी अप्रतिम कथाओं और लघुकथाओं के चलते मेरे लिए ही नहीं, अपने अनेक साहित्यिक प्रियजनों के लिए स्वर्गीय नहीं हो पाये। शायद कभी हो भी नहीं पाएँगे।

यह मेरा मानना है कि साहित्यिक मित्रों के बीच हुई लम्बी कड़ुवी

बहसों के बावजूद लघुकथा की तुलना में वर्तमान कविता-संसार अपने लघु कलेवर में स्थायी रचनात्मक प्रभावों से वंचित दृष्टिगत हो रहा है। इस नतीजे पर पहुँचाया है मेरे कविता के पिपासु पाठक ने, जो किसी भी पत्रिका के हाथ आते ही सबसे पहले कविता के पृष्ठों से उलझता है और जब उसे उनमें जन-सरोकारों की मात्र उथली पत्रकारीय दुन्दुभी सुनने को मिलती है तो तक़लीफ का ज्वार बाँध तोड़ने पर आमादा हो आता है।

सच तो यह है कि लघुकथाओं ने बड़ी जिम्मेदारी से नयी कविता के जनसरोकारीय दायित्व को आगे बढ़कर अपने कन्धों पर ले लिया है। चैतन्य त्रिवेदी का इधर आया और 'किताब घर' द्वारा पुरस्कृत हुआ लघुकथा संकलन 'उल्लास' इसका सशक्त उदाहरण है। विष्णु नागर, असगर वज़ाहत, जोगेन्दर पाल, बलराम, मुकेश वर्मा, रमेश बत्तरा, महेश दर्पण आदि ऐसे अनेक महत्त्वपूर्ण नाम गिनाये जा सकते हैं जिनकी लघुकथाएँ अपने खुरदुरे पाठ के बावजूद गद्य में पद्य की मिसाल कायम करती हैं। व्यक्त के पीछे का अव्यक्त उँगली पकड़ उन दबावों की खोहों में अनायास खींच ले जाता है जिनके गली-गलियारों के लाल कालीन आम आदमी के संघर्ष को मुँह चिढ़ाते हुए नज़र आते हैं।

पत्र-पत्रिकाएँ लघुकथाओं को निरन्तर प्रकाशित करती रहती हैं और उनकी अनिवार्यता और महत्त्वपूर्ण भूमिका से भी वे अनभिज्ञ नहीं हैं। यानि कि समय की नब्ज़ पर उनका हाथ है। वे जानती हैं, साहित्य का एक विशाल पाठक वर्ग अपनी रोज़मर्रा की अति व्यस्तता के चलते पढ़ने की इच्छा रखते हुए भी साहित्य से नाता जोड़ने में स्वयं को असमर्थ पाता है। ऐसे साहित्य-पिपासु पाठकों को सीमित समय में रचना जगत से जोड़ने का दायित्व लघुकथाएँ बखूबी निभा सकती हैं और निभा रही हैं। आश्वस्त करनेवाली बात यह भी है कि पत्रिकाओं के परिवर्तित मनोविज्ञान के कारण लघुकथाएँ अब उनके लिए मात्र फिलर नहीं रहीं, न चुटकुला। किन्तु लघुकथा को विधागत रूप में जिस सम्मान और प्रतिष्ठा की दरकार है—उसे अभी हासिल नहीं हुआ है। जबकि लघुकथाओं को पढ़कर उस पर प्राप्त होनेवाली प्रतिक्रिया यह जाहिर नहीं करती कि पाठकों ने उसे अब तक विधागत

रूप में स्वीकार नहीं किया है। मुझे लगता है कि सम्पादकों की मानसिकता ही इसके लिए दोषी है। हालाँकि सच्चाई से वे भी अवगत हैं और उसे स्वीकार भी करते हैं। लेकिन जिस साहस के साथ सम्पूर्णता में वास्तविकता को स्वीकारा जाना चाहिए, नहीं स्वीकारते। किसी भी बड़े सम्पादक का किसी बड़े लेखक के पास लघुकथा की माँग करनेवाला पत्र नहीं पहुँचता है। बल्कि लेखक को स्वयं कहना पड़ता है कि इधर उसने कुछ लघुकथाएँ लिखी हैं—क्या उन्हें छापना सम्पादक जी पसन्द करेंगे? सम्पादक मना नहीं करते यह और बात है।

यह अनदेखी करनेवाली बात नहीं है—गम्भीर मसला है। एक और दुःख! छोटी-बड़ी सभी पत्रिकाओं के मुखपृष्ठ पर कहानीकारों के नाम होते हैं, कवियों के नाम होते हैं, समीक्षकों के होते हैं, विचारकों के होते हैं—नहीं होते हैं तो लघुकथाकारों के नाम! स्पष्ट है, लघुकथाएँ लिखना उनकी नज़र में दोयम दर्जे का काम है और लघुकथाकारों का आकर्षण शून्य। अपनी इस दुविधापूर्ण कृपण मानसिकता से उन्हें मुक्त होने की ज़रूरत है और मुक्त होकर आत्मविश्लेषण करने की भी कि उनका लघुकथा के प्रति ऐसा रवैया साहित्य-विरोधी आचरण नहीं है?

सर्वविदित है कि साहित्य की किसी भी विधा को पाठकप्रिय बनाने में और उसे सम्पुष्ट करने में, समकालीन पत्र-पत्रिकाओं की निर्णयात्मक भूमिका होती है। समय रहते सम्पादकों को चेतने की ज़रूरत है और प्रतिबद्ध मन से पहल करने की भी। 'का बरसा जब कृषि सुखानी।...'

एक महत्त्वपूर्ण पहल की चर्चा करना यहाँ अप्रासंगिक न होगा।

निश्चित ही लघुकथा की मान्यता की दिशा में यह एक क्रान्तिकारी कदम है और इसकी जितनी भी सराहना की जाए, कम है। सच तो यह है कि इस पहल ने देश के लघुकथाकारों में संजीवनी का-सा असर किया है। उन्हें यह लगने लगा है कि अब और अधिक दिनों तक लघुकथा को उसके अधिकार से वंचित नहीं रखा जा सकेगा। एन.सी.ई.आर.टी. ने अपने देशव्यापी पाठ्यक्रम में लघुकथा को स्थान

दिया है। उनकी ग्यारहवीं कक्षा की हिन्दी की पाठ्यपुस्तक 'विविधा' में हिन्दी की कई लघुकथाओं को सम्मिलित किया गया है। मेरी लघुकथा 'रिश्ता' भी उनमें से एक है। बलराम द्वारा सम्पादित 'लघुकथा कोष' एवं 'विश्व लघुकथा कोष' भी उस पहल को मजबूती देते दृष्टिगत हो रहे हैं। इन लघुकथा कोषों से यह जाहिर होता है कि दुनिया के सभी बड़े लेखकों ने लघुकथाएँ भी लिखी हैं और काफी मात्रा में लिखी हैं।

लघुकथा को परिभाषित करने के सन्दर्भ में आये दिन विवाद होते रहते हैं। कुछ विद्वज्जन अब तक यही मानकर चल रहे हैं कि लघुकथा का अपना कोई स्वतन्त्र अस्तित्व नहीं है। वह कहानी की ही उपविधा है। अतः उसे लघुकहानी कहा जाना चाहिए—लघुकथा नहीं। लघुकथा और लघुकहानी के विवाद पर मैं कोई टिप्पणी नहीं करना चाहूँगी, क्योंकि मैं लघुकथा को स्वतन्त्र विधा के रूप में स्वीकार करती हूँ और निरन्तर लघुकथाएँ लिखना चाहती हूँ। उसकी सामर्थ्य पर मुझे अगाध विश्वास है। राजेन्द्र यादव की यह टिप्पणी मुझे बचकानी लगती है कि लघुकथा दरअसल कहानी की बीजकथा है।

लघुकथाएँ आपके सामने हैं। ये कहाँ खड़ी हैं—इसका निर्णय आप पर। जब भी मेरा कोई कथा-संकलन आपके सामने आने को होता है—परीक्षार्थी-सा मन धुकधुकाने लगता है। पता नहीं, उत्तीर्ण होने लायक अंक भी आपसे पा सकूँगी या नहीं। जो भी मिलेगा, सिर माथे। मेहनत का वादा रहा। विश्वास कीजिए!

मकर संक्रान्ति,
14 जनवरी, 2004

—चित्रा मुद्गल

अनुक्रम

बयान

गरीब की माँ

"तेरे कू बोलने को नईं सकता?"

"क्या बोलती मैं!"

"साआऽली...भेजा है मगज में?"

"तेरे कू है न, तू काय को नयी बोलता सेठाणी से? भड़ुआ अक्खा दिन पावसेर मार कर घूमता अऊर..."

"हलकट, भेजा मत घुमा। सेठाणी ने बोला क्या?"

"ताबड़तोड़ खोली खाली करने कू बोलती।"

"तू बोलने को नईं सकती होती आता, मेना मैं अक्खा हिसाब चुकता कर देंगा?"

"वो मैं बोली।"

"पिच्छू?"

"बोलती होती मलप्पा को भेजना। खोली लिया, डिपासन भी नईं दिया। भाड़ा भी नईं देता। मैं रहम खाया पन अब्भी नईं चलने का।"

"साआऽला लोगन का पेट बड़ा, कइसा चलेगा! सब समझता मैं..."

"तेरे को कुछ ज्यादा चढ़ी, गुप-चुप सो जा!"

"सेठाणी दुपर को आयी होती।"

"क्या बोलती होती?"

"वोइच, खोली खाली करने कू बोलती।"

"मैं जो बोला था वो बोली क्या?"

"मैं बोली, मलप्पा का माँ मर गया, मुलुक को पैसा भेजा, आता मेना मैं चुकता करेगा..."

"पिच्छू?..."

"बोली वो पक्का खडुस है। छे मेना पैला मलप्पा हमारा पाँव को गिरा— सेठाणी! मुलुक में हमारा माँ मर गया। मेरे को पन्नास रुपिया उधारी होना। आता मेना को अक्खा भाड़ा देगा, उधारी देगा। मैं दिया। अजुन तलक वो उधारी पन वापस नईं मिला।

"पिच्छू?"

"गाली बकने कू लगी। खडुस शेन्डी लगाता...मेरे को? दो मेना पैला वो घर को आया, पाँव को हाथ लगाया, रोने को लगा—मुलुक में माँ मर गया। आता मेना में शपथ, अक्खा भाड़ा चुकता करेगा, उधारी देगा। मैं बोली, वो पहले माँ मरा था वो कौन होती? तो बोला, बाप ने दो सारी बनाया होता सेठाणी! नाटकबाजी अपने को नईं होना। कल सुबू तक पैसा नईं मिला तो सामान खोली से बाहर..."

"तू क्या बोली?"

"डर लगा मेरे को। बरसात का मेना किदर कू जाना? मैं बोली सेठाणी, मलप्पा झूठ नईं बोलता..."

"पिच्छू?..."

"पिच्छू बोली—दो सादी बनाया तो तीसरा माँ किदर से आया?"

"तू, तू क्या बोली?..."

"मैं बोली...दो औरत मरने का पिच्छू सासरे ने तीसरा सादी बनाया!..."

बयान

हफ्ते भर बाद नींद से टूटी वर्दी शरणार्थी शिविर में मेज लगाये दंगा पीड़ितों से उनकी फरियाद सुन रही थी।

रिपोर्ट लिखी जा रही थी।...

सामने पेश हुई औरत को हिचकियाँ घेरे हुई थीं। वर्दी के आश्वासन से निर्भय होने की चेष्टा करती वह मुँह खोलने की कोशिश करती कि लगातार उफ़ान झेलती...आँखों का ज्वार उसकी जुबान पर मुट्ठी कस देता। घुटी-पुटी-सी चीखों में औरत की थर्राती देह भँवर लेने लगती। वर्दी झुँझलायी। औरत बोलेगी नहीं तो वे भला कब तलक उसका मुँह खुलने की बाट जोहते अन्य पीड़ितों की पीड़ा से मुँह फेरे रहेंगे? उजड़ी, फुँकी, तबाह बस्तियों में से कोई एक घर देहरी भर ही तो उनके जिम्मे नहीं! दसियों दफ़े पुचकार समझा चुके। अब डर कैसा? वह है न! जो भी घटा उसे सिलसिलेवार बेखौफ बताएँ। न्याय मिलेगा उसे।

औरत ने मुँह खोलने की एक और असफल कोशिश की।

वर्दी ने फुर्ती से उसके आशय को शब्द दिये।

—तुम यही कहना चाहती हो न, दंगइयों का शोर जीना पार कर जैसे ही तुम्हारे दरवाजे पहुँचा। दहशत से क़ाँपते तुम सब अपने सोने वाले कमरे में जाकर बन्द हो गये? तुम, तुम्हारा मर्द, तुम्हारा बेटा और तुम्हारी कमसिन बेटी...खूबसूरत बेटी। लिख लें?

दंगइयों ने दरवाजा खुलवाने को पहले आवाज़ें लगायीं। थापें दीं, लातों से कूटा, दरवाजा न खुला तो फिर उसे कुल्हाड़ी से चीर धराशायी कर दिया। दाखिल हुई भीड़ ने घर के कोने-कोने को टोहा। सोने वाले कमरे की सिटकनी चढ़ी पा उस दरवाजे को भी चीर गिराया। पहली नज़र अलमारी की आड़ में छिपे खड़े तुम्हारे बेटे पर पड़ी। उनकी कुल्हाड़ी उठने से पहले ही बेटे ने बालकनी से छलाँग लगा दी। तीसरे माले से नीचे गिरते ही उसने आँखें मूँद लीं। दिल का मरीज तुम्हारा मर्द यह सदमा न झेल पाया और उनकी कुल्हाड़ी उठने से पहले ही कूच कर गया। सही है न, लिख लें?

तुम पर नजर पड़ते ही तुम्हारे मुँह में उन्होंने तकिए का गिलाफ़ ठूँस बड़ी बेदर्दी से तुम्हें बालों से घसीटते हुए ले जाकर गुसलखाने में बन्द कर दिया। सिर से पल्ला हटा ज़रा अपने बाल दिखाओ? बड़े मजबूत हैं! हाँ, तो...तुमने गुसलखाने से बेटी की लगातार चीखें सुनीं। पुकार रही थी तुम्हें, अम्माँ हमें बचा लो! तुम्हारा अनुमान है, छह-सात लोगों से कम ने उसके साथ कुकर्म नहीं किया होगा। गुत्थी सुलझ नहीं पा रही। छह-सात लोगों ने उसके संग जबरई की होती तो बेटी लाश बनी पड़ी मिलती। घर के अन्य सदस्यों की लाशें बरामद हो गयीं—तुम्हारी बेटी की लाश बरामद नहीं हुई। दंगइयों के जाने के बाद डेढ़-दो घण्टे बाद ही पुलिस गुसलखाने से मुक्त करा तुम्हें शरणार्थी शिविर ले आयी थी। यही हुआ था न! तनिक सोचकर बताओ, आखिर वह कहाँ गयी होगी, कहाँ जा सकती है, उसे हम कहाँ ढूँढ़ें?...

"हमारा ख्याल है..."

"ठहरिए दरोगा जी, हमारे मुँह में जुबान है।..."

मेज के उस ओर बैठी वर्दी को औरत की खून भरी आँखों ने घूरा।

वर्दी ने अचानक औरत की आँखों से उछले खून के कुछ छींटों को सकपका कर वर्दी से झाड़ा।

"वाह! तुम तो बोल सकती हो! हम समझे बैठे थे कि तुम गूँगी हो। बहरहाल, मुँह में जुबान है तो बिना समय नष्ट किये जल्दी से बताओ—तुम्हारी

बेटी आखिर कहाँ होगी?''

''आपके घर में दरोगा साहब!''

''तेरा दिमाग तो नहीं चल गया औरत?''

औरत गरजी, ''क्यों, आपके घर में बेटी नहीं है?''

''मेरे घर में मेरी बेटी है...''

''न, वो मेरी बेटी है...मेरी बेटी की चलती फिरती लाश! घर जाइए दरोगा साहब और उस बच्ची को गौर से देखिए। मेरी बेटी बरामद हो जाएगी...''

शिविर में सन्नाटा छा गया...

डोमिन काकी

गाँव आती रहती थी गर्मियों की छुट्टियों में। अब की आयी तो छह बरस की उम्र में पहला दर्जा पास कर। गाँव का जीवन अब उसमें कौतुक उपजाने लगा था। दादी खटोले पर बैठी कठोते में रखी लाल मिर्चियों का ढेंपुर तोड़, सींक से उसमें मसाला भर रही थी। वह मोटी-मोटी लाल मिर्चियाँ छूने को हुई कि दादी ने उसे बरज दिया, ''मिर्चों में हाथ मत दे देना बिट्टो! आँख नाक छू गये कि आग लग जाएगी। ततैया-सी नाचती फिरेगी घर भर में।''

तभी उसकी नजर दहलीज पार कर आँगन में घुसती हुई डोमिन पर पड़ी। डोमिन अटारी पर बनी टट्टी और आँगन से लगे नर्दवा को साफ करने आयी थी।

खटोले से लगी खड़ी वह उचककर चिल्लायी, ''ददिया! ददिया! देखो डोमिन आयी है।''

चुटकी में दबी मिर्च छोड़ दादी ने तड़ाक से उसके गाल पर तमाचा जड़ा, ''कब सीखेगी भान टान...ऐसे बुलाते हैं बड़ी बूढ़ियों को! रिश्ते में रतनी काकी लगती है... तेरी काकी। डोमिन काकी कहा कर इसे, समझी!''

उसकी आँखों में भल्ल-भल्ल आँसू चूने लगे। बिना मारे भी तो गलती सुधारी जा सकती थी। उसे क्या मालूम कौन उसका क्या लगता है, क्या नहीं?

हफ्ता बीत गया। फिर से डोमिन काकी से सामना हुआ। हमउम्रों के साथ वह आँगन में गिटक खेल रही थी।

नजर पड़ते ही उसने मुस्कुराकर हाथ जोड़ दिये। प्रत्युत्तर में डोमिन काकी ने दोनों हाथ उठा उसे आशीषा।

काम से निबट डोमिन काकी कोंछ के लिए वहाँ पर बैठी ही थी कि उसके खेल में व्यवधान डालते हुए दादी ने उसे पुकारा, "तनिक इधर तो आ बिट्टो?"

उसके निकट आते ही उसके नन्हे हाथों में अनाज भरी टोकनी पकड़ा और ऊपर कलेवा के लिए बासी पनेथियाँ रख दादी ने आदेश दिया, "जा, सरियरके ले जा और रतनी के कोंछ में डाल आ।"

उसे पास आता देख प्रसन्न डोमिन काकी ने अपना कोंछ पसार दिया।

सावधानीपूर्वक उसने टोकनी उलट दी उसके कोंछ में। फिर भी दो-चार मुट्ठी अनाज बाहर छिटक गया।

टोकनी जमीन पर टिका वह अनाज सरियाने में डोमिन काकी का हाथ बँटाने लगी।

अचानक झपटती हुई-सी दादी आयी और झुककर उसके गाल में तमाचा जड़ चिल्लायी, "बेशऊर मूरख..., छू लिया तूने रतनी को?"

उसकी सिसकन की उपेक्षा करती हुई दादी उसे नहान घर की ओर खींच ले गयी और वहीं से उन्होंने बड़ी काकी को पुकार कर दोनों के ऊपर गंगाजल छिड़कने और दो बाल्टी पानी स्नान के लिए रख देने को कहा।

स्वयं नहा लेने और उसे नहला देने के बावजूद दादी का गुस्सा शान्त नहीं हुआ। चेतावनी देती हुई सी बोली, "आइन्दा ख्याल रहे बिट्टो, रतनी को कुछ भी देने के लिए कहूँ तो दूर से देना, छूना मत उसे...।"

सहमी हुई सी वह दौड़कर बड़ी काकी की गोद में छिप गयी। अबोध मन में प्रश्न कील-सा ठुक गया। बड़ी काकी की गोद में वह मुँह दिये बैठी है, दादी ने खींचकर उसे थप्पड़ क्यों मारा?

आतंकवाद

सुबह,
जब भी अख़बार आँखों के आगे फैलाती हूँ
शब्द-शब्द
अपनी कोख को
क़त्ल हुआ पाती हूँ...

पहचान

गेट के करीब पहुँची ही थी कि टिकट चेकर ने टोका, ''टिकट प्लीज़।''

ठेलती-ठूलती गुजरती भीड़ से अलग होकर बड़ी सहजता से मैंने अपना पर्स खोला। पाया कि वह छोटा बटुवा ही पर्स में से नदारद है जिसमें रुपये, रेजगारी और टिकट तीनों ही थे। चेहरा फक पड़ गया। पलक झपकते ही माजरा समझ गयी कि बटुवा उड़ा लिया गया है। मगर मन को तसल्ली नहीं हुई। बेचैन उँगलियाँ ठुँसे पर्स का कोना-कोना तलाशने लगी कि किसी अन्य चीज के आगे-पीछे बटुवा दुबका हुआ मिल जाए। मगर निराशा ही हाथ लगी। चेकर पर दृष्टि उठी तो पाया एक अर्थपूर्ण मुस्कराहट वहाँ डटी बैठी है। चेकर के पास जो भी खड़ा रहता है, सदिन्ध हो उठता है। मेरे आसपास भी लोग एकत्रित होने लगे।

''लगता है किसी ने ट्रेन में मेरा बटुवा उड़ा लिया।''

चेकर के चेहरे पर विद्रूप गहराया, ''बिना टिकट सफर करने वाले अक्सर यही दलील देते हैं। मैं इन झाँसों में नहीं आने का।''

''इत्मीनान से टिकट एक बार और ढूँढ़ लीजिए, न मिले तो सीधी तरह

जुर्माना भरने को तैयार हो जाइए...''

अपमान से बिंध गयी, ''क्या मैं आपको ऐसी लगती हूँ?''

''देखिए, मुझे टिकट से मतलब है। न लिया हो तो कोई बात नहीं, जुर्माना भर दीजिए।''

बटुवा ही निकल गया तो जुर्माना कहाँ से भरूँ? अपनी घबराहट को भरसक अनुनयपूर्ण बनाया, ''विश्वास कीजिए...चाहें तो मेरा पता लिख लें। जुर्माने समेत टिकट के पैसे घर से भिजवा दूँगी या स्वयं आकर दे जाऊँगी।''

''चरका देने की कोशिश मत कीजिए।'' उपहास उड़ाता चेकर का स्वर तनिक उग्र हुआ, ''आप जैसी चुस्त-दुरुस्त लड़कियों की असलियत से मैं खूब वाकिफ हूँ। चार सौ रुपल्ली की साड़ी लपेट, माँग में सिन्दूर भर लोगों की जेबें कतरती फिरती हैं। स्मगलिंग करती हैं और पकड़ी जाने पर भद्रता का नाटक...लगता है, आज बोहनी नहीं हुई वरना आपके पर्स से बटुवा गायब न होता। जुर्माना नहीं भर सकतीं तो खाइए हवालात की हवा।''

जी में आया तड़ाक से एक झापड़ रसीद कर दूँ और चीख पड़ूँ, ''शिष्टता नाम की चीज से परिचित हैं आप?'' लेकिन अवरुद्ध होते कण्ठ से प्रतिवाद में एक शब्द नहीं फूटा।

''कितना जुर्माना भरना है?'' एक शिष्ट स्वर ने सभी को चौंका दिया। मैंने अचरज से उस अपरिचित व्यक्ति की ओर देखा।

''आप भरेंगे?'' चेकर ने कटाक्ष से पूछा।

''पूछ किसलिए रहा?''

''कल्याण लोकल है...जुर्माने समेत हुए पन्द्रह रुपये बीस पैसे।...निकालिए।''

''रसीद काटिए।''

पैसे भरकर अपरिचित मेरी ओर मुड़े, ''लीजिए, बहन जी। सँभालिए। इनका भरोसा नहीं, गेट के बाहर से पकड़कर दोबारा जुर्माना वसूलने लगें।''

कृतज्ञता से भरकर मैंने आग्रह किया, ''पास ही घर है, भैया, थोड़ी देर के लिए चले चलिए...एक कप चाय पी लीजिएगा और रुपये भी...।''

मेरी बात पूरी भी नहीं हो पायी थी कि एक जुमला पीठ-पीछे से उछला, ''गैंग चलता है भई, इनका...एक पकड़ा जाए तो दूसरा फौरन छुड़वा लेता है!''

ऐब

"आओ-आओ बहना!" उसने सास का स्वागत करता लहकदार स्वर सुना तो कमरे के किवाड़ों की आड़ में आ लगी। आँगन में नाक तक पल्ला खींचे गाँव की औरतों का जमघट नजर आया। माँजी खमसार (दालान) की ओर दौड़ीं और हाथों में दरी लेकर पलटीं। दरी बिछाती हुई साग्रह सभी को बैठाने लगीं।

"हमने सोचा, चलकर तुम्हारी बहुरिया को देख आएँ। खूब धूमधाम से शादी हुई होगी शहर में..."

"खूब धूमधाम से की...मेरे कौन दो-चार बेटे हैं। इकलौता सुधीर ही तो है?" माँजी उमगकर बोलीं।

"दान-दहेज भरपूर मिला होगा, बहिनी?...दिखलाओगी नहीं?" सुनकर उसकी धड़कनें बढ़ गयीं। क्या उत्तर देंगी माँजी? पेट काटकर बाबूजी उसे पढ़ा-लिखा पाये। फिर सुधीर की भी जिद थी...बाबूजी को उबार लिया था आत्मग्लानि से उसने। ब्याह करूँगा तो बस एक रुपया से टीका कराकर...

माँजी! माँजी की जरूर कुछ ख्वाहिशें रही होंगी। इकलौता बेटा है सुधीर। खूब पढ़ाया-लिखाया। भले ही वे बेटे की मरजी के सामने झुकने को विवश

हो गयी हों, पर आहत माँजी इस जमघट में मन की भड़ास निकाले बगैर नहीं रह सकेंगी। शहर में कोई था भी तो नहीं उनका दु:ख-सुख सुनने वाला।

"बहना, दान-दहेज पर न मुझे विश्वास है, न सुधीर को ही। भगवान का दिया सब कुछ है इस घर में। मुझे तो बस पढ़ी-लिखी बहू चाहिए थी, सो मिल गयी। यही दान-दहेज समझो। भला बताओ, गाँव में आयी है किसी की बहू एम.ए. पास?"

"सो तो ठीक कही, मगर कोई अपनी बेटी छूँछी-नंगी थोड़ी ही विदा करता है, बहनी?"

"ना भाई, ना, समधी देते तो भी हम लेने वाले नहीं थे। सुधीर तो दहेज के सख्त खिलाफ है। बस, बहू की मुँह-दिखाई कर लो, वही साथ लाये हैं।"

उसकी आँखें श्रद्धा से नम हो आयीं। इज्जत रख ली माँजी ने।

माँजी ने उसे बाहर आने के लिए पुकारा। फिर जमघट में से उठकर भण्डार-घर की ओर मुड़ लीं, "मुँह तो मीठा करा दूँ पहले...सूखे मुँह बहू देखोगी क्या सब!"

वह करीब पहुँची भी नहीं थी कि फुसफुसाहटें कानों में गरम तेल-सी टपकीं, "अकेले लड़िका...तिस पर परफेसर (प्रोफेसर)! बगैर दान-दहेज के ब्याह लायीं मोरी बबुआइन?"

"छोड़ो...ऐसी हरिश्चन्दर की माई नहीं बबुआइन! अब तक सुधिरवा के ब्याह के खातिर राजी कहाँ होत रहे? छत्तीस का तो होई रहा...जरूर लड़िका मा कुछ खोट होएगी...तभी तो खाली लड़िकी लेइके..."

राक्षस

उसने भरी-भरी आँखों और आतंकित हृदय से बाबूजी की ओर देखा। बाबूजी के हाथ में उनकी कोल्हापुरी चप्पल थी, जो बड़े भैया के ऊपर निर्ममता से तड़ातड़ बरस रही थी—"हरामखोर...दिन-भर आवारागर्दी करने के अलावा कोई और काम-धन्धा है तुझे? खून पिलाकर पाला। बी.कॉम. करवाया कि तू किसी काबिल बनेगा तो हमारे दिन बहुरेंगे...मगर तू...तू ऐसा कुल-बोरन निकला कि शराब पी-पीकर सारी पुश्तें लील रहा है।...क्या सीखेंगे तेरे लच्छनों से ये छोटे-छोटे भाई-बहन?...निकल घर से...इसी दम, राक्षस कहीं का! ..."

माँ बीच-बचाव करने दौड़ीं, "क्या करते हो जी...! जवान-जहीन लड़के से कोई ऐसे पेश आता है...?"

बाबूजी ने उन्हें जोर का धक्का दिया। वे 'हाय' करती फर्श पर ढेर हो गयीं।

भैया जैसे जिस हालत में थे, दरवाजे से बाहर हो गये। माँ उन्हें रोकने दौड़ीं किन्तु बाबूजी ने डपट दिया, "मरने दे सत्यानासी को...ऐसी औलाद से बेऔलाद भले...!"

वह और मुन्ना सुबकियाँ भरते-भरते सो गये। उस रात किसी ने भी खाना नहीं खाया। दूसरे दिन भी स्थिति सामान्य नहीं हो पायी। तीसरे दिन माँ को थोड़ा ढाढस हुआ। भैया घर आये और अपनी पुस्तकें समेटकर किसी दोस्त के घर चले गये। रात बाबूजी को माँ ने बताया तो वे पूर्ववत् गुस्से से बिफरकर बोले, ''बिसूर रही थी न कि कहीं मर-मरा न जाए? अरे ऐसा बहादुर नहीं तेरा बेटा...। अच्छा हुआ कि दफा हो गया राक्षस!''

बाबूजी का प्रत्युत्तर सुनकर उसका बाल मन-मस्तिष्क तमाम प्रश्नों से बिंध उठा। दिन गुजरने लगे।

एक शनिवार की शाम उसने पाया कि बाबूजी के संग कोई सूट-बूटधारी सज्जन घर आये हैं। शायद उन्हीं के स्वागत-सत्कार के लिए माँ दोपहर से ही रसोई में जुटी हुई थीं। बाबूजी ने उन दोनों को पास बुलाकर अन्य दिनों की अपेक्षा स्वर में दुलार घोलते हुए आज्ञा दी, ''प्रणाम करो बच्चो...ये हमारे बॉस हैं। गुप्ताजी!''

गुप्ताजी ने 'हैलो' कहकर उनका प्रणाम स्वीकार किया और बाबूजी के साथ बैठक में चले गये। कुछ देर उपरान्त बाबूजी बैठक से बाहर आये और माँ से बोले, ''साहब शाम को कॉफी-चाय नहीं पीते। ऐसा करो कि पड़ोस के तिवारी जी के यहाँ मुन्नी को भेजकर फ्रिज से बर्फ मँगवा लो और एकाध गिलास धो-धवाकर रख लो।'' फिर एकाएक उसकी ओर मुखातिब होकर बोले, ''इधर तो आओ, बबलू।''

वह उनके पीछे-पीछे अलमारी तक गया। बाबूजी ने अलमारी खोली और उसके हाथ में पचास का पत्ता थमाते हुए खुसफुसाये, ''मुस्तैदी से 'आराम वाइन शॉप' चला जा। चक्की की बगल वाली दुकान है और कहना, एक 'ओल्ड मॉक रम' की बोतल दे दे...जा लपक के माँ से झोला ले और सुन! यह जा वह लौट...समझा! दुकान समझ में आ गयी न!''

सुनकर वह अटपटा उठा। यह बाबूजी क्या कह रहे हैं? उससे बोले बिना रहा न गया, ''वो तो शराब की दुकान है, बाबूजी?''

''शराब नहीं तो क्या मैं तुझे गंगाजल लाने भेज रहा हूँ?'' उसे आगे ठेलते हुए बाबूजी उसकी धृष्टता पर गुर्राये, ''नाम नहीं भूलना...'ओल्ड मॉक रम'।''

''मगर किसके लिए...?'' वह अपनी जिज्ञासा दबा नहीं पाया।

“साहब के लिए...।”

“साहब के लिए? क्या साहब राक्षस हैं?”

“तड़ाक्!!” बाबूजी का करारा चाँटा उसके गाल पर पड़ा। “अब्बे, उल्लू के पट्ठे...राक्षस कहता है उन्हें? अरे, वे हमारे बॉस हैं, बॉस! हमारे...अन्नदाता...” बाबूजी ने दाँत किटकिटाये।

गणित

सुन तिरू,

मेरी बात सुनकर तू उदास क्यों हो गयी? अरी तू तो जानती है। मन की तो मैंने तुझ से कभी छिपायी नहीं। कड़ुवी मीठी बेलज्ज—कैसी भी हो।

देखा नहीं था तूने?

सुबह हस्पताल में जब बड़े डॉक्टर साहब ने तेरे सामने ही कहा था, दामू! इलाज की खातिर तिरवेनी को तुझे अब हस्पताल लाने की जरूरत नहीं। 'शारदा कुष्ठ निवारण आश्रम' के स्वयंसेवकों से मेरी बात हो चुकी है। कुछ और रोगियों के साथ तिरवेनी की भी जाँच फाइल मैंने उन्हें सौंप दी है। पता भी तेरी खोली का लिखवा दिया है। दो-चार रोज के भीतर एम्बुलेन्स लेकर वे तेरे घर पहुँचेंगे और तिरवेनी को अपने संग आश्रम ले जाएँगे। इलाज लम्बा चलेगा। मगर वहाँ से एकदम भलीचंगी होकर निकलेगी तिरवेनी। विदेशों से नामी-गिरामी डॉक्टर आते हैं इलाज करने। दिक्क़त एक ही है। भेंट वाले दिन ही तुम तिरवेनी से जाकर मिल सकते हो। हाँऽ, खर्च-पानी की चिन्ता न करना, टेंट से पाई ढीली नहीं करनी पड़ेगी दामू!

कितना खुश हुआ था मैं डॉक्टर साहब की बात सुनकर! देवता है देवता!

अरे ये तू बावली सरखी बार-बार काहे पूछ रही, तू ठीक होगी कि नहीं?

नहीं, नहीं मैं गुस्सा नहीं हो रहा। तेरे दिल की धुकपुकी खूब समझ रहा हूँ। भला कष्ट झेल रहे किस रोगी की इच्छा नहीं होती भला-चंगा होने की? तेरी हो रही तो कौन-सा अजूबा!

सुन, उड़ मत। पाँव ज़मीन पर दे। तेरी इस फिजूल की बात में कोई दम नहीं तिरु! लाख भली-चंगी हो जा तू, चौका-बासन वाले अपने पुराने ठिकाने पकड़ पाने से रही।

तेरी ये गली-टुँड़ी उँगलियाँ सिरफिरे साहिबों की खोपड़ी से छूत का कीड़ा निकाल पाने से रहीं।

चल, हफ्ते-भर के लिए तुझे मैं तेरे भाई-भावज के घर छोड़ आता हूँ। कुष्ठ आश्रम वाले तुझे लेने आएँगे तो उनसे साफ कह दूँगा। घर छोड़ तू हमेशा के लिए दूरऽऽ अपने मायके कोल्हापुर चली गयी है। लौट के अब नहीं आने की।

फिर वही रट, ठीक होने आश्रम जाएगी! अरे ऐसी नादानी-भरी बातें क्यों कर रही है तिरू? भीख की खातिर जो बनिए से चौदह सौ उधारी कर तेरे लिये मैंने पट्टियों वाली चौकी बनवायी है—भला उसका क्या होगा, सोचा है!

मिट्टी

कानों में निरन्तर पेंचकस-सी घूमती झींगुरों की झिंया में चढ़ती रात की निस्तब्धता दरक रही थी...

बायीं खमसार में पड़ी थी अम्माँ की खटिया। छत की धन्नी से लटकाये तार में लटक रही थी धुआँयी मरियल-सी उजास फेंक रही लालटेन! लग रहा था, साँझ किसी को फुरसत ही नहीं जुटी कि लालटेन जलाने से पहले काँच राख से मल लेता।...

घर की बड़की बहू का स्वर झल्लाया हुआ था।

सूखी लकड़ी-सी चिरी देह के माथे को लगभग झिंझोड़ा उसने।

"सुन रही हो अम्माँ! छूँछी-छूँछी आँखों से का ताक रही हो, लाल लटके है का धन्नी से..."

"ठीक-ठीक सोच के बताओ अम्माँ, कहाँ गाड़ रखा है, चाँदी के रुपयों से भरा कलसा अऊर जेवरों वाला लोटा?"

"ध्यान करो अम्माँऽऽऽ... ध्यान करो..."

"जाँत उखाड़ दो-दो हाथ नीचे खोद डाला सूरजवा ने, ओखली के नीचे

भी कुछ नहीं मिला...है तो कहाँ है? बोलो? अई बोलो न!''

''तुम तो कहती रहीं अम्माँ, सूरजवा के बियाह में तुम अपना जेवर चढ़ाए में चढ़ैहौ...पतोहू को बुन्दा, करधनी, कण्ठा देहौ...मुँह देखाई में मटरमाला...अई मिलेगा तब तो चढ़ाए में चढ़ेगा!''

''बिस्वाश करो अम्माँ, गाजे-बाजे के संग तुम्हारी मिट्टी उठेगी...राँड हुई तो क्या हुआ, नाती-पोते वाली ठहरीं...फूले-फले कुटुम्ब वाली ठहरीं...''

छूँछी सूखी आँखें सोता फूटे-सी झलझला आयीं। बहू पर जा टिकीं—''दुलहिऽऽन...तनी रामायऽऽण बाँच के सु...ना दे...ओ...''

बहू ने चिरौरी झटकी :

''सुना देंगे, सुना देंगे, अपनी रामायण तो पहले पूरी करो? चार ठिकाने तो तुम संझा बेरिया से खुदवा चुकीं—पूरा घर ढहवाओगी का!''

''दिनेश औ...रमेश को खबर...''

''तार गये...अब तुमको छोड़ के तो सुरजवा के बप्पा बुलाने दौड़े नहीं आएँगे...आएँगे सबै, अपने सुभीते से...उनकी खातिर कबै तक प्राण अटकाए रहोगी...विश्वास नहीं का हम पे जो असल ठियाँ न बता के इहाँ-उहाँ भटका रही हो बूढ़ा!''

झल्लाई आँखों की कोरें चूने लगीं। लम्बी कराह के साथ सिर हिला उन्होंने तोहमत को ढुरकाया।

''सुध नहींऽऽ आ रही दुलहिन...ऽऽ''

''और सब बातों की सुध तो है...गहने गुरिया याद नहीं...सब समझ बूझ रहें, जिनकी खातिर तुम बहला फुसला रही हो न...पूछो, खटिया पर पड़ी पोंक रही थीं तो कोई आया गाँड़ धोने? गू-मूत उठाने को हम, हमार मंसवा, हमार बेटवा अऊर ले दे की बेरिया...''

आँखें मूँद लीं उन्होंने। जैसे किसी सोच में डूब गयी हों। कुछ याद कर रही हों। टटोल रही हों, स्मृतियों की धूल-जाले हटा!

''सरलिया के बियाह में...पाँव पूजने कोऽ...लच्छे निकाले थे...बस्स्...तब से...''

''चौके से लगी...कोठरिइया म...दुधहड़ी के नीचे...बड़कऊ के बप्पाऽऽ

तुम काहे आये होऽऽ तनि गंगाजल...डाल देओ मुहिंमा...दुलहिन...सुन्दर काण्ड सुना दियोऽऽऽ बड़कऊ रेऽऽ सुरजवाऽऽ...गंगाजल...रेऽऽ...ऽ''

उनके प्राण छूट गये।

कोई नहीं आया पास। बेटा, बहू, पोता दुधहड़ी के नीचे की जमीन में फावड़ा चला रहे थे...

दुदहड़ी, जाँत, ओखली और तुलसी के चौरे के नीचे की जमीन एक कर उन्हें यथास्थान रख बहू दरवाजे से गोबर उठा लायी और आँगन, कोठरी, चौका लीप उनकी निर्जीव देह के सिरहाने रामायण और गंगाजल से भरा लोटा रख आर्तनाद करने लगी...

रोते-रोते बहू ने बेटे को पुनः चेतावनी दी :

''चाहे कोई महादेवन पर हाथ रखवावे...महतारी-बाप की कसम धरावे—खबरदार जो मुँह खोला...''

नाम

"मतऊ डोम की पतोहू रतिया डोम कौन है ससुरी?"

घूंघट काढ़े एक मँझोले कद की इकहरी काया औरतों के गोल से निकलकर कदम भर आगे बढ़ आयी।

अपनी मेहरियों, महतारियों और बच्चों की बगल में सहमे खड़े मर्द विस्मय में डूबे अनुमान नहीं लगा पा रहे थे कि उनके चमरौटी टोला में गाँव के सरपंच ठाकुर रिछपाल सिंह अपने लठैतों के संग क्यों आये हैं और क्यों उन्होंने पूरे टोले को अपने सामने पेश होने का फरमान जारी किया है।...

"तो तू है रतिया डोम!" मर्द को देखते ही पीठ कर खड़ी हो जाने वाली औरतों के शील संकोच के आदी ठाकुर रिछपाल सिंह रतिया के कदम भर आगे आ खड़े होने के दुस्साहस पर चौंके।

"अपने बेटवा को लेकर कल तू स्कूल में उसका नाम लिखवाने गयी थी?"

सिर हिलाकर घूँघट ने हामी भरी।

"दुबे मास्टर बता रहे थे कि...तूने अपने बेटवा का नाम देवेन्द्र प्रताप

सिंह लिखवाया है?''

घूँघट ने स्वीकारोक्ति की।

''तुम्हारी सुअर-सी औलादों को स्कूल में संग बैठने-पढ़ने की सरकारी इजाजत क्या मिल गयी कि तू मतऊ, दतऊ, धनकुआ, ईसुरी नाम छोड़ बाभन, ठाकुरों के नाम रखने लगी? तेरा बेटवा देवेन्द्र प्रताप सिंह हो गया है तो तू हो गयी उसकी महतारी ठकुराइन! क्यों, हो गयी न!'' उनके हड़ियल आतंकित चेहरों पर बल्लम-सी कोंचती नजर डाल ठाकुर रिछपाल सिंह ने ठठाकर एक भयानक ठहाका भरा। संग लठैत चेले चपेड़ों ने जुगल-बन्दी की।

हँसी रुकी तो उन्होंने रतिया पर कटाक्ष कसा।

''सुनो हरामखोरो, सभी आज से इस राँड़ को ठकुराइन कहकर पुकारना...भई, जिसका बेटा ठाकुर उसकी माँ डोमिन कैसे हो सकती है! हो सकती है?''...

''नाबदान के कीड़ेऽ...'' अगले ही पल ठाकुर रिछपाल सिंह ने दाँत पीसे—''गनीमत इसी में है साऽलोऽ, अपनी औकात में रहो। बाभन, ठाकुर बनने की कोशिश न करो...वरना...''

''लम्बरदार छिमा कर दो...बैली बहुरिया शौकिया गयी होगी...कउन मुकाबला मालिक...कहाँ आप, कहाँ हम पाँव की धोवन...आजे स्कूल जाके लड़िका का नाम बदलवा देव...बिसुआस करो मालिक...''

धैर्य चुक गया। सहसा माथे से घूँघट सरका। रतिया लाज-लिहाज छोड़ गरजी—

''बाबू ऽऽ, काहे पाँवों में गिर रहे हो लम्बरदार के! तनिक पूछो सरपंच जी से, ठाकुर के बेटे का नाम मतऊ, दतऊ धरा जा सकता है तो हम धर लें?''...

''चुप्प...मुँहजोरी कर रही? हरामिन कुतिया, आगे मुँह चलाया तो तेरी देह की बोटी-बोटी चील कव्वों को खिला दूँगा...अकल ठिकाने कर, समझी!''

''मार डारौ...खिला दो, डर कर हम साँच के पर नहीं कतर सकते, मालिक। ठाकुर के बेटे का नाम ठाकुरों जैसा न धरें तो क्या डोम-चमारों वाला धर दें?''

ठाकुर रिछपाल सिंह क्षणांश सन्नाटे में आ गये। अचानक वे पलटे और अपने दल-बल सहित टोले से बाहर हो गये।...

गली

कनॉट प्लेस की दोपहर थी। जून की किलबिल भरी।

हम दोनों यानी, लेखक दम्पती 'इण्डियन कॉफी हाउस' से कॉफी पीकर निकले और रीगल के निकट एक पनवाड़ी से अपनी पसन्द के पान लगवाने लगे।

''गजरा ले लीजिए बहन जी...असल चमेली के हैं!''

मुँह घुमा मैंने बेरुखी रो बगल में आ खड़े हुए गजरे बेच रहे किशोर को घूरा, ''होंगे भई, हमें नहीं लेने गजरे।'' उसकी मैली निकर कमीज से पसीने का भभका छूट रहा था। नाक सिकोड़ मैंने सोचा—असली चमेली क्या टहनियों पर ही महकती है?

''ले लीजिए न मैडम! तीन का एक है—पाँच के दो दे दूँगा!''

''पाँच के पाँच भी दोगे तब भी मुझे गजरे नहीं लेने। गजरे नहीं लगाती मैं। पीछे मत पड़ो।'' पनवाड़ी पर क्रोध आया। ऐसे सहले हाथों बीड़े लगाएगा तो खाक दुकानदारी करेगा!

लड़का टला नहीं। ढिठाई से उसने गजरों के झूमर को मेरी आँखों के

सामने नचाया। उमस खायी महक ने मुर्झायी कलियों के असली होने की तस्दीक की। एक छिपी लम्बी साँस मैंने सीने में दुबका ली।

"क्या तमाशा है, फुटपाथ पर तुम लोगों ने चैन से खड़े रहना मुहाल कर रखा है—हटाओ सामने से।" मुझसे उसकी ढिठाई निगली न गयी।

"बस, एक ले लीजिए मैडम! दो रुपये भर दे दीजिएगा। सुबह से रोटी नहीं खायी। आपके नाम की रोटी खा लूँगा।" गजरों को नीचे कर उसने स्वर में चिरौरी घोली।

उसे देखा अनदेखा-सा करते हुए इन्होंने पान का बीड़ा मेरी ओर बढ़ाया, "चलें? बाराखम्भा तक पैदल हो लें, वहीं से बस पकड़ लेंगे!..."

"मैडम, आप अढ़ाई रुपये का पान खाकर थूक सकती हैं...दो रुपये का गजरा नहीं खरीद सकतीं?" लड़का जिरजिराया।

उसकी असभ्यता पर ये एकाएक उबल पड़े, "भाग हरामी, क्यों पीछे पड़ा है? उधार खाया है तेरा? बेचना ही है तो जा-जाकर किसी कोठों वाली गली में बेच...एक नहीं बचेगा!"

"चले आते हैं सिर पर चढ़ने..."

"मत लीजिए...एक भी मत लीजिए...गाली क्यों दे रहे हैं?" अचानक लड़के ने क्षुब्ध हो हाथ में लटके गजरों के झूमर को नोच-खोंच फुटपाथ पर बिखेर दिया।

हम हतप्रभ हो ठिठक गये। काटो तो खून नहीं।

अबूझ से इर्द-गिर्द कुछ लोग सिमट आये।

खिसियाहट मिटाने को इन्होंने किशोर की कुहनी धर ली, "भूखा है न तू! चल, 'काके दी हट्टी' पर खाना खिलाता हूँ मैं तुझे। गुस्सा मत हो..."

"थूह तुम्हारे खाने पर...मुझे नहीं खाना तुम्हारा खाना!" इनकी पकड़ से कुहनी छुड़ा लड़का लोगों से टकराता-बचता भीड़ में गुम हो गया।

मन खराब हो गया। मैंने कहा, "चलो स्कूटर पकड़ लेते हैं..."

स्कूटर को हाथ दिखाते हुए ये बड़बड़ाये, "साऽला यह देश बच्चों को खिला नहीं सकता तो पैदा क्यूँ करता है?..."

इस घटना को हुए महीनों गुजर गये।

जाड़े की एक शाम हम इण्डियन कॉफी हाउस से निकल रीगल की ओर

बढ़ रहे थे कि अचानक एक किशोर ने हमें हाथ जोड़कर नमस्ते की। सलीके के कपड़े पहने हुए उस किशोर को पहचानने में हमें क्षण भर न लगा।

''तुम!'' दोनों के मुँह से एकबारगी निकला।

''जी बाबूजी मैं!'' झुककर उसने इनके पाँव छू लिये, ''जो रास्ता आपने दिखाया था, बहुत फला! दिन बदल गये। मूल निकाल सत्तर-अस्सी ऊपर कमा लेता हूँ—दो-अढ़ाई घण्टे की मेहनत में। कहने को तो यह बड़े लोगों का इलाका है बाबूजी मगर दिल रिक्शे ताँगे वालों से अधिक गरीब है! पचासों चक्करों के बाद जाके कहीं दो चार गजरे बिकते थे। गली-गली का फर्क है न बाबूजी!''

''चलता हूँ बाबूजी!'' पुनः हाथ जोड़ लड़का भीड़ में बिला गया।

हमारे पाँवों की फुर्ती पथरा आयी।

रिश्ता

लगभग बाईस दिनों तक अचेतावस्था में रहने के बाद जब उसे होश आया तो आँख खुलते ही जिस जीवनदायिनी को उसने अपने निकट...बहुत निकट पाया, वे थीं वात्सल्य की प्रतिमूर्ति मारथा मम्मी। अस्पताल के अन्य मरीजों के लिए सिस्टर मारथा! वह मोटर साइकिल पर मुम्बई से पूना जा रहा था कि दुर्गम खण्डाला घाट की चढ़ाई चढ़ते अचानक दुर्घटनाग्रस्त हो गया। घायल अवस्था में नौ घण्टे तक उपेक्षित पड़े रहने के उपरान्त एक सहृदय यात्री ने अपनी गाड़ी में उसे पूना के सुसान अस्पताल में दाखिल करवाया...पूरे चार महीने जीवन-संघर्ष झेल स्वस्थ हो वह अस्पताल से मुक्त हुआ तो चलते समय विह्वल हो मारथा मम्मी से लिपटकर बच्चे की भाँति रोया। मारथा मम्मी ने उसके माथे पर ममत्व के सैकड़ों चुम्बन टाँग दिये, "ईश्वर रक्षा करे, मेरे बच्चे...!"

कृतज्ञ भाव से उसने डॉ. कोठारी से कहा भी था, "डॉक्टर साहब, अस्पताल से आज अगर मैं जिन्दा लौट रहा हूँ तो आपकी दवाइयों और इंजेक्शनों के बल पर नहीं, मारथा मम्मी के प्यार के बूते पर।"

उस रोज वे उसे नीचे तक छोड़ने आयी थीं और जब तक उसकी टैक्सी

अस्पताल के गेट से बाहर नहीं हो गयी, वे अपलक खड़ी विदाई में हाथ हिलाती रही थीं...

अपनी उसी मारथा मम्मी से भेंट की उत्कण्ठा लिये आज अरसे बाद जब वह उनके वार्ड में पहुँचा तो उन्हें देखकर खुशी से पागल हो उठा। एक मरीज के पलंग से सटी वे उसकी कलाई थामे धड़कनों का अन्दाजा लगा रही थीं। जैसे ही मरीज की कलाई उन्होंने हौले से बिस्तर पर टिकायी, उसने उन्हें पीछे से बाजुओं में उठा लिया—भूलकर कि वह अस्पताल है और मारथा मम्मी ड्यूटी पर!

''अरे, अरे क्या करता है तुम ईडियट...छोड़ो मेरे को। ये अस्पताल है, तुम्हारा हिम्मत कैसे पड़ा अन्दर आने को?''

सकपकाहट के बावजूद उसे लगा कि मारथा मम्मी उससे परिहास कर रही हैं।

उन्हें फर्श पर खड़ा करते हुए उसने मुस्कराते हुए उनकी ओर देखा, ''मैं आपका बेटा अशोक, मम्मी! पहचाना नहीं आपने मुझे... ?''

''पेचाना-पेचाना...पर अभी मेरे को टाइम नईं...ड्यूटी पर ऐसा नईं आने का मिलने कू। जाओ तुम। देखता नईं पेशेण्ट कितना तकलीफ में हय?''

''मम्मी!...'' उसने एक बार फिर बोलने की कोशिश की। विशेष रूप से उनके लिए लायी हुई भेंट उनकी ओर बढ़ायी, लेकिन कठोर स्वर में उन्होंने उसे फौरन वार्ड से बाहर हो जाने के लिए कहा।

वह उनके अनपेक्षित व्यवहार से हतप्रभ रह गया। उनके उदासीन व्यवहार से खिसियाया सा मुड़ने ही को था कि मरीज की घोर कष्ट-भरी कराह सुनकर क्षणांश को थमक गया। उसके पपड़ियाये होंठ पीड़ा से बिलबिलाते बुदबुदा रहे थे, ''माँऽऽ ओऽऽऽ माँऽऽऽऽ''

''मेरे बच्चे...मैं तुम्हारे पास हूँ...धैर्य रखो...'' उसकी मारथा मम्मी अत्यन्त ममत्व-पगे स्वर में उस मरीज का सीना सहला रही थीं।

वह मुड़ा और तेजी से वार्ड से बाहर हो गया।

शहर

लँगड़े शहर ने देखा, गाँव से लगभग सिर उठाये खड़ी छोटी-सी पहाड़ी के ऊपर दुर्गा माता का छोटा-सा मन्दिर है। सीढ़ियाँ आरम्भ होने से पहले मेहराबदार एक मण्डप-सा बना हुआ है। मण्डप के ऊपर लिखा है—'दुर्गा माता का अति प्राचीन मन्दिर'। गहरे रंगों से रँगी मन्दिर की भीतियों को देखकर यही अनुमान हुआ—मन्दिर की प्राचीनता बारह-तेरह वर्षों से अधिक नहीं। सीढ़ियाँ काफी थीं। सौ-एक भिखारियों को खपा सकने की क्षमता लिये बैठे थे मात्र आठ-दस।

लचक सँभालते हुए लँगड़ा शहर उनके बीच जा खड़ा हुआ।

गरीबी में आटा गीला होने के अँदेशे से भड़के भिखारियों ने समवेत स्वर में लँगड़े शहर को दुरियाना शुरू किया। यह उनकी जगह है। भला वह यहाँ क्यों आ मरा? किसी और मन्दिर शिवालय में ठौर-ठिकाना नहीं हाथ लगा उसे जो वह उनके रूखे-सूखे टिक्कड़ों में डाका डालने आ पहुँचा! गाँव बहुत हैं आस-पास। भक्ति कम नहीं। मगर भक्त हैं मामूली किसान। दान-दक्षिणा में टेंट तंग रहती है उनकी। उन्होंने भी अपने पेट की आग को उसी समायी

में दबा सिकोड़ लिया है। ऊपर से टपक पड़ा वह। कैसे उसे घुसने टिकने दें!

छंगू मँगते ने ऐलान कर दिया, ''तू ठहरा टँग कटा, भक्तों का जी तुझी पर डोलेगा, हम लाचार हवा निगलेंगे? कही मान तो पलक झपकते पलट ले।''

चौतरफा धौंसपट्टी से शहर बिलबिलाया, ''अरेऽ, सुन लो, मैं यहाँ भीख माँगने नहीं आया। आया था शिवपुर की नातेदारी में गमी निबाहने। वो भी पन्द्रह बरस बाद। काम होते ही पूछा, है कोई मन्दिर शिवालय आस-पास। सो इस मन्दिर की महिमा सुनी। चला आया दर्शनों का पुन्न कमाने।''

छंगू मिनका, ''कमा लिया, चल अब अपना रास्ता नाप। भक्तों के आने का टेम हो रहा। बरगदाही है आज।''

''चला जाऊँगा, चला जाऊँगा,'' शहर की ऐंठ ने ठुमका मारा, ''छोटे-मोटे ठिकाने मैं भीख नहीं माँगता। गाँव के चिरकुट लोग क्या तो खुद खाएँगे, क्या दान-दक्षिणा देंगे!''

''तो रुका काहे है?'' छंगू मँगते ने आँखें तरेंरी।

''रुका हुआ हूँ तुम अन्धों की आँख में उँगली देने। रिरियाते-गिड़गिड़ाते दया की भीख माँगते जितना टेम तुम फिजूल करते हो यहाँ, हमारे यहाँ के मामूली मन्दिर का ठियाँ भी धरे बैठे होते तो दिनभर में सैकड़ों पीटते।

''मुच्च से मुँह का तक रहे! हमारे यहाँ काले धन्धेवालों का दिल भगवान में खूब रमता है। भीख में काला पैसा बरसता है। ये अठन्नी-चवन्नी हमारे यहाँ के मँगते दानी के मुँह फेंक मारते हैं। दस, पाँच पत्ते के नीचे भीख नहीं लेते। पूड़ी-हलवा के पैकेट रोज कोई न कोई दानी बाँटता ही रहता है। न हो तो बगल के ढाबे, होटल में ले जा जिमा देता है। जीमने की इच्छा न हो तो अपनी पर्ची ले लो। जब जी करे, जीम लो। जीमना न हो तो पर्ची नकद कर लो। कमीशन जरूर कटेगा। कटता रहे।''

सीढ़ियों पर जमे मँगतों की जमात की जीभ पनिया आयी—''किस्मतवाले हो भाई!''

''किस्मत तुम्हारी भी जाग सकती है।''

''सो कैसे?''

''हमारे साथ हमारे यहाँ चलो।''

"कैसे जा सकते हैं!" उनकी आह फूटी।

"गाड़ी में बैठ के।"

"पल्ले पैसा न कौड़ी, किराया कहाँ से लाएँगे?"

"जोड़ी गाँठी जमा पूँजी कुछ तो होगी!"

"......."

"बोलो, कुछ तो होगी!"

"थोड़ी-बहुत।" सभी के मुँह से निकला।

"तो लाओ, निकालो और आज साँझ की गाड़ी से दिल्ली चलने के लिए सभी मय सामान तैयार हो जाओ।"

छंगू ने जिज्ञासा की, "दिल्ली में रहेंगे कहाँ?"

"सरकार ने बड़े अच्छे रैनबसेरे बनाये हैं। चिन्ता कैसी! फिर मेरा घर, तुम्हारा घर।"

झिझकते-सकुचाते बोरे के नीचे से अपनी जमा-पूँजी बटोर सभी ने लँगड़े शहर के हाथ टिका दी।

"बस, यही? इतने से कैसे काम चलेगा? चलो, मैं अपनी ओर से मिला दूँगा। दिल्ली में वसूल लूँगा। दे दोगे न!"

"झौवा भर कमाएँगे तो मुट्ठी भर निकालते कौन मुँह फेरेगा!" छंगू ने वकालत की।

"तो ऽ ऽ, मैं चलता हूँ। चलकर टिकट निकालता हूँ। मय सामान तुम सब सूरज डूबने से पहले मन्दिर की सीढ़ियों के नीचे खड़े मिलना।"

दिनभर अनमने से वे सब सोचते रहे। कौन है उनका यहाँ गाँव में, जिसे छोड़ते हुए उन्हें दुख हो? जिनके हैं भी, उनके सिर से भी पाप कटेगा। शहर में बल्कि उनके दिन बहुरेंगे। तर माल खाएँगे, जमकर दिहाड़ी झोरेंगे। भीख की खातिर कौन कम गलेबाजी करनी पड़ती है!

मन्दिर के मण्डप के नीचे खड़े-खड़े साँझ अँधेरे में डूब गयी। अँधेरा खर्राटें भरने लगा। शहर उन्हें लेने न पलटा।

सेवा

"बैठिए!" उन्होंने उन्हें बैठने का इशारा किया।

विदेश विभाग के कला, साहित्य, संस्कृति मर्मज्ञ उच्च पदाधिकारी के सामने उसी विभाग के अधिकारी महोदय, हाथ जोड़े खड़े उनकी गर्दन अपनी ओर उन्मुख होने की प्रतिक्षा में अधीर हो रहे थे। दो-अढ़ाई मिनट बाद फाइल से चेहरा उठा उन्होंने उनकी ओर देखा। "खड़े क्यों हैं?"

विनय से दोहरे होते हुए अधिकारी खड़े ही रहे—"सर! आपने मेरा तबादला मारीशस कर मुझे स्वर्ग में रहने का सुअवसर प्रदान किया है। आपका यह एहसान मैं कभी नहीं भूलूँगा।"

चश्मा उन्होंने नाक पर से उतार मेज पर खुली फाइल पर टिका दिया। बोले, "आपकी पदोन्नति बरसों से रुकी हुई थी। होनी ही थी। एहसान कैसा!"

"फिर भी सर, इतने वर्षों से मैं अपने अधिकार से वंचित था। विदेश में कला, संस्कृति, साहित्य के उन्नयन में मेरा भी कोई योगदान हो सकता है—विभाग ने सोचा ही नहीं। आप आये, आपने सोचा। आपने पहचाना। मैं बहुत

कृतज्ञ हूँ सर! सर,...मेरे लायक कोई सेवा हो तो बताएँ।''

उन्होंने संजीदा स्वर में समझाया, ''विदेश जाकर अपने देश की सेवा कीजिए। भारत की कला, संस्कृति का प्रचार कीजिए। वही मेरी सेवा होगी।''

''सर, कुछ तो आदेश करें...''

बायें हाथ पर ठुड्डी टिका वे और संजीदा हो गये। बड़ी देर तक विचारमग्न आँखें उन पर टिकाये किसी बात का सिरा खोजते रहे। फिर बोले कि बहुत जिद्द कर रहे हैं वे तो ऐसा करें। एक जरूरतमन्द परिचित की लगभग अन्धी होने आयी आँखों का ऑपरेशन करवा दें। मोतियाबिन्द पक गया है उनकी दोनों आँखों का। कृषि मन्त्रालय में मामूली से पद पर हैं। उनके घर का फोन नम्बर वह दिये दे रहे हैं। ऑपरेशन 'दृष्टि नर्सिंग' होम में करवाएँ। लेजर से। 'दृष्टि' के डाक्टर अग्निहोत्री उनके मित्र हैं। उनकी चर्चा करते ही वे तुरन्त उन दोनों को बुला लेंगे।

''मारीशस जाने में...''

''महीना है सर! डाक्टर अग्निहोत्री के समय देते ही ऑपरेशन हो जाएगा, इसी हफ्ते। निश्चिन्त रहें।''

मामूली से पद ने आभार से लदी पीठ सीधी करने की चेष्टा करते हुए अधिकारी महोदय से कहा कि उनकी आँखों को रोशनी देकर उन्होंने जो उन पर उपकार किया है, जीवनपर्यन्त वे उनके ऋणी रहेंगे। समर्थ बहुत हैं मगर उनके जैसे परोपकारी कितने होंगे!

अधिकारी ने उन्हें टोका कि उन्हें ऋणी होना है तो सर सर्वेश्वर दयाल शर्मा जी का होएँ। इस सत्कार्य के पीछे उन्हीं की प्रेरणा है।

''यह आपका सौजन्य है सर!'' मामूली पद ने आँखें भीगने से बचाने के लिए स्वर को गीला होने दिया। ''शर्मा जी मेरी पत्नी के सगे भाई हैं। समर्थ हैं। पत्नी ने मेरी आँखों के ऑपरेशन के लिए उनसे आर्थिक सहायता माँगी थी। स्पष्ट मना कर दिया। इस बात को साल होने को आया।''

अधिकारी ने प्रसंग मोड़ा, ''देखने में अब कोई दिक्कत तो नहीं महसूस हो रही आपको?''

''बिल्कुल नहीं सर! अपना काम अब मैं ठीक से कर सकूँगा। एक

प्रार्थना है सर..."

"कहिए?"

"मैं नाचीज किसी लायक तो नहीं फिर भी, आपकी कोई छोटी-मोटी सेवा कर सकूँ तो स्वयं को परम सौभाग्यशाली समझूँगा!"

"किसी की आँखें ठीक हो जाएँ उससे बड़ा सुख और कौन-सा हो सकता है?..."

"नहीं सर, कुछ तो बताएँ..."

"आप हठ पर उतरे हुए हैं तो ऐसा करिये। हमारे विदेश मन्त्री अगले माह मारीशस की यात्रा पर जा रहे हैं। इसी छब्बीस को उनकी शादी की सालगिरह है। खबर मिली है उनकी पत्नी को कुत्ते पालने का बेहद शौक है। ब्याह के बाद वे मायके से अपने प्रिय कुत्तों को साथ नहीं ला सकीं। विदेशी नस्ल के दो कुत्ते उन्हें भेंट कर दीजिए। सुना है विदेशी पैमेरियनों की कीमतें खासी गज़ब होती हैं। किसी किस्म की अड़चन तो नहीं होगी?"

"मेरा अहोभाग्य!" मामूली पद ने सतर्क हो अपनी लड़खड़ाहट को टेका दिया। पत्नी के हाथों की चूड़ियाँ भला कब काम आएँगी, जिन्हें उन्होंने आँखों के ऑपरेशन के बावजूद छूने की हिम्मत नहीं की थी!

"लेकिन सर, छब्बीस को मैं मन्त्री जी की कोठी में प्रवेश कैसे पा सकूँगा?"

अधिकारी हँसे—"उसकी चिन्ता आप छोड़ें। छब्बीस को मैं मन्त्री जी के घर पर आमन्त्रित हूँ। कुत्ते पच्चीस की शाम मेरे घर पर पहुँच जाने चाहिए।..."

सेवक

शाही परिवार के हत्याकाण्ड पर जनता में उमड़ता आक्रोश देख फौरन जाँच कमेटी बैठाई गयी।

जाँच कमेटी के सामने साक्षियों के बयान दर्ज हो रहे थे।

उसकी बारी आयी। सवाल किया गया, ''तुम इस राजमहल के पुराने रसोइये हो। पिछले बीस वर्षों से शाही महल की सेवा कर रहे हो। महाराज देश-विदेश की यात्राओं में भी तुम्हें अपने संग ले जाते थे। तुम्हारे अलावा किसी और के हाथ का भोजन उन्हें पसन्द नहीं था। सच तुम जानते हो। निर्भीक होकर बताओ। हुआ क्या था? क्यों हुआ था? क्या राजकुमार ने ही महाराजा, महारानी समेत पूरे परिवारजनों की हत्या की है?''

उसका गला भर्रा आया। कोशिश के बावजूद वह गर्दन न उठा सका।

कमेटी के सदस्यों ने उसको धीरज बँधाया। ''धैर्य रखो, तुम महाराजा के विश्वासपात्र सेवक हो। जघन्य प्रकरण की वास्तविकता पर से तुम्हीं पर्दा उठा सकते हो। घबराओ नहीं, तुम्हारी सुरक्षा की जिम्मेदारी हम पर है। न, न, रोओ नहीं, साहस से काम लो।''

संयत हो उसने बयान दिया, ''उस समय दाल के लिए बघार कम पड़ गयी थी। मैं दाल के लिए चूल्हे पर बघार तैयार कर रहा था हुजूर! कि अचानक बघार से जीरा छिटक दोनों आँखों में चुभ गया। धाँस ऊपर से। आँखों में मिर्चें भर गयीं। ठीक उसी समय 'ठाँय-ठाँय' गोलियाँ चलने की आवाज कानों में पड़ी। दर्द से बिलबिलाता हुआ टटोलता-सा मैं आवाज की दिशा में लपका। मगर..., मगर मेरी आँखें सच देखने में असमर्थ थीं हुजूर! जब निगोड़ी देखने लायक हुईं, सामने लाशों का ढेर था और राजकुमार का शव भी उन्हीं में से एक था...।''

बयान पूरा कर वह अचेत हो लुढ़क गया...।

रक्षक-भक्षक

हम मन्दिर के प्रांगण में प्रवेश कर चुके थे। चढ़ावे का सामान बेचने वालों की नजर हम पर पड़ चुकी थी। वे बाकड़ों से लगभग लटक-लटककर पूजा की सामग्री अपनी-अपनी दुकान से खरीदने को हमें आमन्त्रित कर रहे थे। मैंने पाया कि उनकी हाँकों और आमन्त्रणों से बेखबर मम्मी की दृष्टि प्रांगण में कुछ और ही खोज रही है।

"अरे पुष्पा, भिखारी यहाँ कहीं नजर ही नहीं आ रहे...लगता है आज की सारी मेहनत बेकार जाएगी।"

मेरी नजर प्रांगण के कोने-कोने में दौड़ती, ऊपर टटोलती, मन्दिर तक जाती सीढ़ियों की चढ़ान घूम आयी। वाकई भिखारी नजर नहीं आ रहे थे। बेचारी मम्मी। मुझे उन पर तरस हो आया। कितनी श्रद्धा और मन से वे पचासेक गरीबों को जिमाने का संकल्प पूरा करने मन्दिर आयी हैं। यही सोचकर कि आज गुरुवार है। महालक्ष्मी मैया का दिन। दर्शन भी कर लेंगी और पचासेक गरीबों को जिमा भी लेंगी। मानता मानी थी उन्होंने कि स्कूटर दुर्घटना में आहत भैया जिस दिन स्वस्थ होकर अस्पताल से घर लौटेंगे, वे आते गुरुवार को मानता

पूरी करेंगी। तड़के उठ मम्मी पड़ोसन मेहता के साथ पूरी, सब्जी और हलवा बनाने में जुट गयीं। बड़े जतन से उन्होंने पोलीथिन की थैलियों में खाने के पूड़े बनाये थे, लेकिन यहाँ तो...

"चलो, पूजा की सामग्री खरीद लें," खिन्न स्वर में मम्मी ने कहा तो हम एक बाकड़े के पास आकर खड़े हो गये। दुकान वाली प्रसन्न मन से पूजा की थाली सजाने लगी। बाकड़े के नीचे बैठी हुई छोकरी को हमने अपनी चप्पलें और खाने के पूड़ों से भरा झोला सौंप दिया।

"आज भिखारी क्यों नहीं दिख रहे? क्या बात है?" मम्मी पूछे बिना न रह सकीं।

"जाएँगे किदर...दुप्पर का टैम है न बाई! पूजा को कोई आता नईं...इदर गल्ली-बिल्ली में सोते पड़े होएँगे...आप पूजा दे के आव...मैं बुला के रखती...बाई! मेरी छोकरी को पन एक पूड़ा होना।" दुकान वाली के चेहरे से लार टपकी, जो मम्मी को बुरी नहीं लगी।...

पूजा की थाली हाथ में लेती हुई मम्मी के चेहरे पर ढाढस की चमक दौड़ गयी। हम मन्दिर की सीढ़ियाँ चढ़ने लगे। पीछे से दुकान वाली का स्वर सुनाई दिया। वह चप्पल-जूते सँभालती छोकरी को हिदायत दे रही थी, "लवकर पड़ पोरगी सांग त्याना..." (दौड़ और बोल उनको कि...)

पूजा करके हम जैसे ही थाली लौटाने उस बाकड़े पर पहुँचे, दुकान वाली ने आँखें नचाकर सीढ़ियों की ओर संकेत किया। सीढ़ियों के नीचे भिखारियों का हुजूम नजर आया और हमारे थैला लेकर करीब पहुँचते-न-पहुँचते छेड़ी गयी मधुमक्खियों-सा हम पर टूट पड़ा। एक-दूसरे को धकियाते-मुकियाते उनकी कोशिश यही थी कि वे खाने का पूड़ा सबसे पहले प्राप्त कर लें। कहीं ऐसा न हो कि उनका नम्बर ही न आये। तभी पूड़ा पकड़ाती मम्मी का हाथ अचानक ठिठक गया। एक फटेहाल चीकट छोकरे पर वे अनायास भड़क उठीं।

"हाथ-पाँव टूटे हैं तुम्हारे? शर्म नहीं आती भीख माँगते...जाओ जाकर मेहनत-मजदूरी करो...तुम जैसे को मैं भीख नहीं देती...लूले-लँगड़े-लाचारों को दूँगी...हटो परे..."

जैसे भूखे के सामने से परोसी हुई थाली हटा ली गयी हो, वैसे ही वह छोकरा आगबबूला हो उठा। लपककर उसने मम्मी के हाथ से खाने का पूड़ा झपट लिया और चीखते हुए बोला, "तुम्हीच लोग गरीब लाचार का हाथ-

पाँव तुड़वाता हय...उसको अन्धा-लूला-लँगड़ा बनवाता हय...दादा लोगों को मालूम हय, साबुत अंग वाले को कोई भीख नहीं देता...उनपे दया नईं करता...तुम्हारा दया पे थू...!'' घृणा से थूककर व भीड़ को चीरता आँख से ओझल हो गया।

स्तब्ध मम्मी का एक हाथ अपने गाल पर जा टिका।...

बोहनी

सान्ताक्रुज के पुल के ऊपर से गुजरते हुए कुछ आदत-सी बन गयी थी। बैग में सबसे छोटा सिक्का टटोलते सतर्क हाथ में जैसे ही पाँच या दस पैसे का सिक्का लगता, प्लेटफॉर्म नं. तीन की सीढ़ियों से पहले बैठे बौने भिखारी के बिछे हुए मैले अँगोछे पर उछाल देती। 8.20 की चर्चगेट लोकल मुझे पकड़नी होती थी और अक्सर मैं लोकल पकड़ने की हड़बड़ाहट में ही रहती। हड़बड़ाहट के बावजूद पुल की सीढ़ियाँ चढ़ते हुए हाथ यन्त्रवत् छोटे सिक्के की टोह में जुट जाता। दुआएँ उसके लार टपकाते होठों से रिरियाती-सी झरतीं और आठ-दस डग तक मेरा पीछा न छोड़तीं।

उस रोज इत्तिफाक से बैग टटोलने के बावजूद कोई छोटा सिक्का हाथ न लगा और मेरी दयालुता अपनी थैली का मुँह कुछ अधिक चौड़ा करने को राजी नहीं हुई। मैं बिना भीख दिये गुजर गयी।

दूसरे रोज दयालुता के अनुरूप सिक्के टेंट में होने के बावजूद एक लापरवाही का भाव उभरा, रोज ही भीख देती हूँ। कोई जबदस्ती नहीं कि लगातार दूँ ही। भीख बगैर दिये ही निकल गयी।

तीसरे रोज उसके बिछे हुए अँगोछे के निकट से गुजर रही थी कि पीछे से उसकी रिरियाती पुकार ने ठिठका दिया, ''माँ...मेरी माँ...गरीब को पैसा नईं दिया न! अइसा नईं जाना...फकत दस पइसा देके जाना...''

ट्रेन छूटने के अँदेशे ने ठहरने नहीं दिया। किन्तु उस दिन शायद उसने भी तय कर लिया था कि वह भीख की वसूली किये बिना आइन्दा मुझे जाने नहीं देगा। चौथे रोज उसने दुगुनी ऊँची आवाज में मुझे देखते ही गुहार लगायी। सुनते ही मुझे गुस्सा आ गया। गुजरती भीड़ सुन रही होगी। भला यह क्या बदतमीजी है? लगातार चीखे जा रहा है, ''माँ, मेरी माँ...''

मैं पलटी और बिफरती हुई चिल्लायी, ''क्यों चिल्ला रहे हो? तुम्हारी देनदार हूँ क्या?''

''नईं...मेरी माँ...।'' वह अत्यन्त दयनीय मुद्रा बनाकर गिड़गिड़ाया, ''माँ, तुम देता तो सब देता...तुम नईं देता तो कोई पन नईं भीख देता...तुम्हारे हाथ से हर रोज बोहनी होता न, तो शाम तलक पेट भरने-भर को मिल जाता...तीन दिन से भुक्का है मेरी माँ!''

भीख में भी बोहनो! गुस्सा अचानक भरभरा उठा। मुस्कराते हुए उस बौने भिखारी पर करुण दृष्टि डाली, हाथ पूर्ववत् बैग में गया। दस पैसे का एक सिक्का उसके अँगोछे पर उछाल दिया। दुआओं से नहायी प्लेटफॉर्म पर पहुँची। मेरी 8.20 की गाड़ी जा चुकी थी! यानी हाजिरी रजिस्टर पर तीसरा क्रास! पहुँचते ही बॉस के सामने पेशी!

व्यावहारिकता

हड़बड़ायी-सी दरवाजा खोला तो पाया कि केले वाले ने घण्टी बजायी थी। "बच्चों के गले खराब हैं...दो तीन दिन बाद आना।" मनाकर दरवाजा बन्द करने जा रही थी कि पड़ोसन श्रीमती पाण्डेय ने पुकार लिया, "जरा देखिए तो मिसिस मल्होत्रा, इस भाँड़ीवाले की अति!...चार अमेरिकन जार्जेट की साड़ी, दो टैरीकाट की पैण्ट...तीन कॉटन के पायजामे...ऊपर से ये छोटे-छोटे कपड़े। इन कपड़ों पर दिखा रहा यह बगैर ढक्कन का डोंगा। रारासर लूट मची है! कोई पहली बार कपड़ों पर बरतन ले रही हूँ?" उन्होंने हाथ का डोंगा क्षुब्ध भाव से मेरी ओर बढ़ाया।

"मैं देता ना रोटी का डिब्बा...पन, कुछ जरी-बिरी का साड़ी डालो, नईं तो एक-दो अऊर टेरीकाटन का पैण्ट-वीण्ट। किदर ना बोलता देने को...अपन को तो देने का ई...पड़वड़ना मँगता न। पिच्छे लुगड़ा कितना फटैला है..." भाँड़ीवाले ने मेरी ओर गर्दन घुमाकर रूखे स्वर में तर्क किया।

मैंने कपड़ों के ढेर की ओर तौलती नजर से देखा। ढेर सारे कपड़ों पर हल्का-सा डोंगा वाकई खला। मुश्किल से होगा यही कोई तेरह-चौदह रुपल्ली

का। लोग गट्ठर उतरन देकर मामूली-से बरतनों पर क्यूँ लार टपकाते हैं, कभी समझ में नहीं आया। बहरहाल मेरी व्यावहारिकता ने—अपने लिए अनुपयोगी हो आये कपड़ों की बची-खुची उपयोगिता को मद्देनजर रखकर उतरन या तो अपनी महरी को उठाकर दे दी या मेहतरानी को। यही सोचकर कि गरीब-गुरबा पैबन्द गाँठकर उन कपड़ों में भी महीनों खींच लेगा। उनका गाढ़ा वक्त कटेगा, दुआ मिलेगी सो अलग। भाँड़ीवालों को देकर क्या हासिल होगा। धर्म-कर्म अब वैसे ही तंगी के चलते जीवन से किनारे हो गया। फिर भी जो कुछ बने, जैसे भी बने, वो तो हो! पड़ोसन की चिरकुट मानसिकता पर तरस हो आया।...अभी सुबह ही तो मैंने उतरनों का एक गट्ठर अपनी महरी को थमाया। बेचारी कब से चिरौरी कर रही थी कि, "सेठानी! मरद को पहनने के वास्ते साब का कोई पुराना पैण्ट-विण्ट दो न! बच्चों के वास्ते पन..." पर लोग हैं कि उनका बस चले तो वे घर के कूड़े-करकट का मोल-भाव करने से न चूकें। वितृष्णा से भर पड़ोसन को टोक ही दिया, "किस फेरे में पड़ी हुई हैं श्रीमती पाण्डेय! देते क्या हैं ये लोग? उतरन बाइयों-वाइयों को दे दिया कीजिए न! गरीब पहनेंगे तो ज्यादा सार्थक होंगे..."

"छोड़िए भी ये दान-दक्षिणा के चोंचले...इन गरीबों की असलियत आप नहीं जानतीं...खूब शेण्डी लगाती हैं ये!...फिर अपनी भी घर-गृहस्थी में चार चीजें लगती हैं कि नहीं?" कहती हुई वे भीतर की ओर मुड़ीं, "देखूँ कोई पैण्ट-वैण्ट... निकालने लायक तो कोई है नहीं। फिर भी..."

मैं उनका मन रोटी के डिब्बे पर अटका देख भाँडीवाले से जिरह करने पर उतर आयी, "भरी दोपहरी चिकचिक से फायदा? दे क्यों नहीं देते भाई? रद्दी के भाव भी कपड़े बेचोगे तब भी डिब्बे से ड्योढ़ी कीमत निकल आएगी..."

"नईं निकलती न बेन जी..." उसने चिढ़कर हाथ जोड़ दिये। फिर तत्परता से मैली चादर में गठियाए कपड़ों का गट्ठर खोलते हुए तमककर बोला, "कपड़ा बरोबर मिलता तो मेरे को सामान अच्छा देने में काय का वांदा...पन खोट खाके...देखो, देखो, ये कपड़ा बेनजी...अब्बी अब्बी में इतना कपड़ा पर आपका पिच्छू झोपड़पट्टी में एक बाई को रोट्ला (रोटी) का डिब्बा दे के आया।"

कपड़े देख मैं सन्न रह गयी। मेरे सामने अपने ही कपड़ों का गट्ठर खुला पड़ा हुआ था...

पत्नी

द्वार पर थपथपाहट।

"कौन?" यमराज की नींद उचटी।

"हम हैं स्वामी, आपके दूत!"

"अर्धरात्रि में? क्या बात है?"

"बात कुछ विशेष नहीं, प्रभु। मृत्युलोक से एक उद्दण्ड प्राणी जबरन घुस आया है।"

"तुम क्यों लाये उसे?"

"लाये नहीं, वह स्वेच्छा से चला आया।"

"क्या? उसका यह दुस्साहस? बगैर हमारी आज्ञा के चला आया?"

"आप इसी से पूछ लीजिए। इसने हमारी नाक में दम कर रखा है। हम दस सेवक इसे सँभालने का प्रयास कर रहे हैं, लेकिन यह सँभाल में नहीं आ रहा।"

"ले आओ!"

"मनुष्य, तुम हमारी आज्ञा के बिना परलोक में कैसे घुस आये? जानते हो, इससे हमारा अनुशासन और विधान भंग हुआ है...इस अपराध के लिए हम तुम्हें भयंकर से भयंकर नरक दे सकते हैं।"

"महाप्रभु...वह नरक निश्चित ही उस नरक से भयंकर नहीं होगा जो मैंने भोगा है।"

"क्या मतलब? मृत्युलोक में नरक की स्थापना? यह हमारे संविधान का महानतम अपमान है...क्या मृत्युलोक के प्राणी शाश्वत व्यवस्था के प्रति विद्रोही हो गये...? तत्काल चित्रगुप्त को हमारी सेवा में उपस्थित करो..."

"जो आज्ञा प्रभु!" एक दूत सिर झुकाकर चला गया।

"यह बात नहीं, महान्यायपालक! मेरा नरक-भोग आपकी व्यवस्था से सर्वथा भिन्न है।"

"वह कैसे?"

"स्वामिन्, मैंने अपनी पत्नी के दुर्व्यवहार से तंग आकर आत्महत्या कर ली और सीधा आपके न्यायालय में चला आया।"

"हम समझे नहीं वत्स...आत्महत्या हमारी व्यवस्था के प्रति विद्रोह है...फिर एक विद्रोही न्याय की कामना कैसे कर सकता है?"

"हे महादण्डाधिकारी, मेरी पत्नी सोते-जागते, खाते-पीते हमेशा मुझे कोंचती रहती थी। उसके व्यवहार से तंग आकर मैं एक वेश्या के पास जाने लगा—जहाँ मुझे सच्चा सुख और सच्ची शान्ति मिली...मेरी सुख-शान्ति का समाचार पाकर मेरी पत्नी प्रतिशोधी हो उठी...मुझे चौदह वर्ष के अशान्त वैवाहिक जीवन के बाद आत्महत्या को विवश होना पड़ा।"

तभी चित्रगुप्त आ गये।

"आपने मुझे याद किया, प्रभु?" चित्रगुप्त ने आँखें मलते हुए पूछा।

"हाँ चित्रगुप्त, मृत्युलोक का यह प्राणी बगैर हमारी आज्ञा के यहाँ चला आया है...इसका खाता देखकर बताओ कि आखिर यह अव्यवस्था क्यों पैदा हुई?"

"जो आज्ञा, महामहिम।"

चित्रगुप्त ने खाता पलटना शुरू कर दिया। फिर एक स्थान पर निशान लगाते हुए बोले, "स्वामिन्, इस मानव की आयु अपने विधान के अनुसार

अभी छब्बीस वर्ष शेष है। यह सत्य है महाराज कि इसकी पत्नी ने इसे असमय आपकी सेवा में आने के लिए बाध्य कर दिया। यह प्राणी आजकल मृत्युलोक की एक वेश्या को प्राण-पण से प्रेम करता है।''

''चित्रगुप्त, तुम जानते हो कि हम अपने विधान का कितना सम्मान करते हैं...इस प्राणी को अभी, इसी समय, वापस मृत्युलोक में भेज दो और उस वेश्या को इसकी पत्नी बना दो।''

''जो आज्ञा न्यायपालक...''

यमराज ने मनुष्य से पूछा, ''अब तो तुम अपनी आयु के शेष वर्ष पूरे करना चाहोगे?''

कृतज्ञ प्राणी उनके चरणों में लोट गया।

''आयु दुगुनी देंगे तो, प्रभो, मुझ अकिंचन पर विशेष कृपा होगी।''

''विधान परिवर्तित नहीं हो सकता, वत्स!''

द्वार पर थपथपाहट।

''कौन?'' यमराज की खीज-भरी आवाज उभरी।

''हम हैं, स्वामी, आपके दूत।''

''इस समय! बात क्या है?''

''अपराध क्षमा हो प्रभु, वह प्राणी, जिसे आपने एक माह पूर्व मृत्युलोक वापस भेजा था, पुनः स्वेच्छा से आ गया है।''

''उसकी आयु तो अभी पच्चीस साल ग्यारह महीने शेष है, फिर क्यों आया?''

''पता नहीं महाप्रभु...''

''ठीक है, ले आओ कक्ष में।''

वह प्राणी प्रवेश करते ही बिलखकर यमराज के चरणों में गिर पड़ा।

''अब तुम्हें कौन-सी व्यथा है मानव? हमने तुम्हारी इच्छित पत्नी तुम्हें सौंप दी थी।''

''भगवन्, जब से वह वेश्या मेरी पत्नी बनी है, उसका व्यवहार एक दम बदल गया है...वह मेरी पूर्व पत्नी से भी अधिक उग्र और उद्दण्ड हो उठी है। प्रतिपल मेरी पूर्व पत्नी का नाम ले-लेकर मुझे कोंचती रहती है...जीना दूभर

हो उठा तो मैंने तंग आकर पुनः आत्महत्या कर ली।''

''कुछ भी हो, हमारी व्यवस्था और विधान नहीं बदल सकता। तुम्हें अब उन दोनों पत्नियों के साथ पच्चीस साल ग्यारह महीने गुजारने होंगे!''

वह प्राणी बिजली की भाँति तड़का और यमराज के चरणों में उसकी सूक्ष्म देह ने भी प्राण त्याग दिये।

पाठ

निकट भविष्य में सरकार गिरने की सम्भावना ने प्रदेश के जनसेवक की वातानुकूलित नींद में खलल डाला।

उन्होंने निश्चय किया। स्वास्थ्य मन्त्री होने के नाते देश के नौनिहालों की चिन्ता में दुबले होना उनका परम कर्तव्य है। देर आये दुरुस्त आये। अब वे अपने निर्वाचन क्षेत्र के प्रत्येक सरकारी स्कूल का दौरा करेंगे। एक-एक विद्यार्थी से प्रत्यक्ष भेंट कर उससे सीधे संवाद करेंगे। खूब धाक जमेगी। बच्चों से सीधे संवाद के मायने हैं सीधे माता-पिता से संवाद। उनके कौटुम्बीय जनों से संवाद।

जनसेवक अपने लाव-लश्कर के साथ एक स्कूल पहुँचे।

निर्धारित कार्यक्रम के अनुसार प्रार्थना समाप्त होते ही बच्चों की कक्षा में जाने से पूर्व जनसेवक ने वात्सल्य से सराबोर स्वर में बच्चों को सम्बोधित किया :

''अपने आसपास के परिवेश को स्वच्छ रखना बहुत जरूरी है, मेरे बच्चो। मगर उससे भी ज्यादा जरूरी है—स्वयं को स्वच्छ रखना! 'स्वच्छ रहोगे

तो स्वस्थ रहोगे' पाठ तुमने अपनी किताब में पढ़ा होगा।''

बच्चों ने कौतुक भाव से एक-दूसरे का मुँह ताका। किताब का मुँह देखा होता तब न पाठ पढ़ते।

जनसेवक ने उनके खुले मुँहों को नज़रअन्दाज किया। धुर देहाती लौंडों की बदतमीजी के क्या मुँह लगे। वे यहाँ उनके खुले मुँहों को बन्द करवाने के लिए तो आये नहीं हैं। जिस उद्देश्य से आये हैं, उसी लक्ष्य की ओर बढ़ें। वे बढ़ दिये।

उन्होंने कण्ठ खँखारकर साफ किया :

''स्वयं को स्वच्छ नहीं रखोगे तो परिवेश की स्वच्छता निरर्थक है। हाँ तो बच्चो, स्वयं की स्वच्छता के मायने हैं—अपने शरीर की स्वच्छता। साथ ही कपड़े-लत्तों की स्वच्छता। अस्वच्छता घातक बीमारियों की जननी है। बीमारियाँ जानलेवा भी हो सकती हैं। अधिकांश चर्मरोग शारीरिक अस्वच्छता के चलते ही होते हैं। समय रहते सावधानी बरतना निहायत जरूरी है।''

''बोलो, क्या जरूरी है?''

''बोलो, बोलो, शरमाओ नहीं?''

''सावधानी बरतना निहायत जरूरी है।'' मरियल स्वरों ने एक दूजे का हाथ गहा।

जनसेवक के चेहरे पर चमक दौड़ गयी—''तो कौन-सी सावधानी बरतनी चाहिए?''

प्रश्न के साथ उन्होंने स्वयं जवाब दिया, ''नियमित शुद्ध जल से स्नान करना चाहिए। शरीर के ढँके रहने वाले अंगों की विशेष रूप से सफाई करनी चाहिए। संग काँख, गर्दन, कानों के पीछे आदि की सफाई कम महत्त्वपूर्ण नहीं। समझ में आया कुछ?''

प्रधान अध्यापक के निर्देशानुसार बच्चों ने जनसेवक के भाषण का जोरदार तालियों से स्वागत किया।

गदगदाये जनसेवक ने कार्यक्रम के अगले चरण की घोषणा की कि वे पाठशाला के प्रत्येक विद्यार्थी को अपने करकमलों से एक बट्टी नहाने का साबुन, एक बट्टी कपड़ा धोने का, संग खादी का बढ़िया-सा अँगोछा भी उपहार स्वरूप भेंट करेंगे।

महीने भर बाद वे पुनः इलाके के सभी स्कूलों का दौरा करेंगे और प्रत्येक

विद्यार्थी से भेंट कर उससे जानना चाहेंगे कि उसने शारीरिक स्वच्छता के उनके पाठ पर कितना अमल किया है।

कौतूहल से भरे बच्चों ने अँगोछा पर रखी पन्नी में लिपटी साबुन की बट्टियों को ललक कर अंजुरी में इस तरह भर लिया मानों किसी ने इमरतियों से भरे दोने उनके हाथों में रख दिये हों!

एकाध उतावले बच्चे ने अपनी जगह पर पहुँचते-न-पहुँचते नाखून से पन्नी में सेंध लगा बट्टियों को छूने टोहने की कोशिश की और नाखून को गूजी-भरी नाक तक ले जाकर उसकी महक नाक में भरने की भी।

वायदे के अनुसार महीने भर बाद जनसेवक मुआयने के लिए उसी स्कूल में पधारे। लगातार सुर्खियों में रहकर सुर्ख हुए से।

जनसेवक को देख बच्चों की आँखों में चमक कौंधी। मगर उनके साथ गत्ते के खोखे नदारद पा कोयला-पुती पाटी से कुम्हला आये।

जनसेवक ने क्रमवार बच्चों को अपने पास बुलाना शुरू किया। उनका चीकट सिर प्यार से सहलाते हुए उनसे पूछा। साबुन का उपयोग उसे कैसा लगा? मजा आया! मगर उसके कपड़े इतने मैले क्यूँ हैं? दुर्गन्ध छूट रही है!

जवाब में दर्जनों बच्चे अटूट मौन साधे खड़े रहे। उनकी आँखें पाँवों के अँगूठों से जा लगीं और अँगूठों के संग पाठशाला की गोबर लिपी फर्श कुरेदने लगीं। बड़ी मुश्किल से कुछ ने साहस बटोरा। बताया। बट्टियाँ और अँगोछे उनकी माई ने उनसे झपट लिये। पता नहीं माई ने उनका क्या किया।

जनसेवक परेशान हो आये। क्या पढ़ेंगे ये खाक! मामूली-सी बात सिखाये सीखने को तो ये राजी नहीं। बहानों में सारे एक ही थैली के चट्टे-बट्टे हो रहे!

तभी पास आये तीसरी कक्षा के विद्यार्थी, अपेक्षाकृत साफ सुथरे दिख रहे सतीश ने उनकी हताशा को कन्धा दिया। उन्होंने पूछा। गर्जन-तर्जन को व्याकुल स्वर में भरसक मिठास घोल—"चलो तुम बताओ सतीश! खूब नहाये तुम साबुन से?"

सतीश की गर्दन टूटी टहनी-सी झुक गयी।

"शरमाओ नहीं सतीश—बोलो!"

"भई हम तुम्हारी माई और बाबू की तरह ही हैं—झिझको नहीं।"

सतीश की हिम्मत बँधी। उसका सहमा चेहरा ऊपर उठा।

"साबुन की बट्टी...बट्टी अऊर अँगोछा माई पंसारी की दुकनवा में ले जाके बेच आयी!"

"बेच आयी? भला क्यों!" जनसेवक की त्यौरियाँ चढ़ गयीं।

"माई बोली...बोली, सरकारो खूब मजाक करत है—नहा धोके पेट थोड़इ भरने वाला है।"

"मतलब?"

"माई कहत रही, बट्टी अऊर अँगोछे के दाम से दू रोज का पिसान आएगा। तू नहाएगा की रोटी खाएगा?"

मानदण्ड

''माँ, बेचारी बाई को तुमने उसके कपड़े धोने से क्यों मना कर दिया?''

''मना न करती तो क्या करती?''

''बात क्या हुई?''

''महारानी सुबह का चौका-बरतन निपटाने चढ़ी दोपहरी में पधार रही हैं। टोकने पर बिसूरने लगीं। तीन दिन से नलके में बूँद पानी नहीं टपका। पीने और कपड़े-लत्ते धोने बगल की झोंपड़पट्टी से भर के लाना पड़ रहा है। इसीलिए देर हो गयी...।''

''हूँअ...''

''पसीजकर मैंने कह दिया, कपड़े-लत्ते यहीं लाकर धो ले, मगर चौका-बासन में अबेर न कर। वही निहाद है, पाँवों को हाथ लगाने दो, फट्ट पहुँचा पकड़ लेंगे। जब देखो, गट्ठर उठाये चली आ रही...''

''हो सकता है पानी की दिक्कत अब तक बरकरार हो?''

''हो तो हो। ठेका ले रखा है रोज का? चीकट ओढ़ने-बिछौने, कपड़े-लत्ते हमारे नहानघर में फींचेगी? बाल-बच्चों वाला घर, छूत-पाँत नहीं लग

सकती?''

''क्यों नहीं लग सकती। एक बात बताओ माँ, छूत आदमी से ज्यादा लगती है या कपड़े-लत्तों से?''

''दोनों से...''

''तब तो तुम फौरन सावित्री बाई को चलता करो!''

''ऊल-जलूल न बक...आसानी से मिलती हैं कामवालियाँ?''

''सावित्री बाई की आधी कमर दाद से भरी हुई है, गौर किया तुमने?''

''चुप रह...तुझसे अकल उधार नहीं लेनी। और सुन, घर-गृहस्थी के मामले में तुझे टाँग अड़ाने की जरूरत नहीं, समझी!''

उसने विस्मय से माँ की ओर देखा।

बाज़ार

उनका चिर प्रतीक्षित अत्याधुनिक उपकरणों से सुसज्जित नर्सिंग होम बनकर तैयार हो गया था। शुरुआत होना भर बाकी था।

उत्साह से भरे नर्सिंग होम के मालिक डाक्टर पति अपनी गृहिणी पत्नी एवं तीनों डाक्टर बेटियों एवं विशेषज्ञ दामादों सहित शेष रह गये दो जरूरी कामों पर मन्त्रणा करने बैठे। महत्त्वपूर्ण नर्सिंग होम बना भर लेना नहीं था, उसको चलाना और उसका चल जाना उससे भी अधिक जरूरी था।

पहला मुद्दा था नर्सिंग होम के नामकरण का।

दूसरा उद्‌घाटन का।

किस प्रमुख हस्ती से उद्‌घाटन करवाया जाए ताकि राष्ट्रीय राजधानी क्षेत्र घोषित इस हरी-भरी औद्योगिक नगरी के बाशिन्दे बिना बुलौवा के नर्सिंग होम की ओर स्वत: खिंचे चले आएँ और प्रसाद का लड्‌डू खाकर और मशीन की मुफ़्त कॉफी पीकर जान जाएँ कि उसके अपने इलाके में अब हर किस्म की हारी-बीमारी के उपचार की सुख-सुविधा उपलब्ध है। इलाज के लिए अब उन्हें शहर के पंच सितारा अस्पतालों के धक्के खाने की कतई जरूरत नहीं।

राजधानी के नामीगिरामी रोग विशेषज्ञ इलाज के लिए इस नर्सिंग होम में प्रतिक्षण उपलब्ध होंगे। उनका आठ-दस लीटर पेट्रोल और फूँकने से बचेगा।

बड़ी पुत्री नेत्र रोग विशेषज्ञ थी, शालीन। अपनी सौम्य प्रकृति के अनुसार बोली, "मदर टेरेसा को बुलवाइए..."

उसकी अव्यावहारिक बुद्धि पर डाक्टर पिता खीझे, "हो चुकी भीड़ इकट्ठी! कोढ़ी घिसटते रिरियाते नजर आएँगे गेट के भीतर।"

"माना, मदर टेरेसा के सेवाभाव का खूब आदर करता है हमारा समाज, मगर वे हेमामालिनी तो नहीं कि खबर फैलते ही शहर का शहर टूट पड़े नर्सिंग होम पर?"

"उद्घाटन के बहाने हमें प्रचार की जरूरत है..." पिता के स्वर में चिढ़ स्पष्ट थी।

"तब?" पत्नी चिन्तित हो आयीं।

"स्वास्थ्य मन्त्री किदवई को न आमन्त्रित कर लें उद्घाटन के लिए? अखबार और टी.वी. वाले उनके संग लटके चले आएँगे।" हृदयरोग विशेषज्ञ मँझले दामाद ने सुझाव रखा।

"राजधानी मच्छरों के प्रकोप से त्रस्त है। उपेक्षाओं के खिलाफ मन्त्री जी का घेराव हो रहा। धरने और विरोध प्रदर्शन हो रहे। कहीं ऐसा न हो कि विरोधी जन तख्तियाँ और बैनर लिये नर्सिंग होम के सामने धरना देने बैठ जाएँ।" पिता ने प्रतिवाद किया।

"फिर तो शाहरुख खान या अमिताभ बच्चन को बुलाया जाए उद्घाटन के लिए?" पत्नी चहकीं।

पति पत्नी पर मुग्ध हुए, "नाम तो बोफोर्स तोप हैं! प्रश्न है, तारीख दे पाएँगे वे हमें?"

"अजी, बगैर छीने कोई किसी को कुछ देता है! फिर आपके समाजवादी बन्धु सांसद अभयसिंह किस मर्ज की दवा हैं? आजकल उनके साथ बहुत चिपके रहे अमिताभ!"

"चिपकें, हमें क्या! हमारा काम होना चाहिए समझी बुआ! अब आएँ दूसरे मुद्दे पर। नर्सिंग होम का नाम सुझाएँ आप सब!" पिता ने दामादों के चेहरो को टटोला।

अब तक उदासीन बैठे बालरोग विशेषज्ञ बड़े दामाद मुखर हुए, "कायदे

से अँग्रेजी नाम होना चाहिए। अँग्रेजी नामों पर लोगों को बहुत भरोसा है।''

''अब नहीं रहा। रहा होगा जब रहा होगा। सच तो यह है कि लोग अपनी जड़ों की ओर लौट रहे हैं।'' स्त्री रोग विशेषज्ञ मँझली बेटी अपने जीजा से असहमत हुई।

''घनवन्तरि नर्सिंग होम कैसा रहेगा?'' छोटी बेटी ने नाम प्रस्तावित किया।

''किसी वैद्य की उखड़ी दुकान जैसा!'' माँ ने मुँह बनाया, ''नाम ऐसा हो जो अपने आप में विश्वास और आस्था का प्रतीक हो जाए। सभी जाति और धर्मावलम्बियों के लिए।'' कुछ पलों के लिए वे विचारमग्न हुईं। फिर बोलीं, ''अच्छा बताओ, 'तिरुपति बालाजी नर्सिंग होम' कैसा रहेगा?''

अनुभवी डाक्टर पति सोफे से लगभग उछल पड़े—''एक्सलेण्ट! क्या नाम सुझाया है तुमने! भला कौन-सी जाति, धर्म, व्यवसाय के लोग हैं जो बालाजी के दर्शनों को न जाते हों और अपनी कामना पूर्ति के लिए मूड़ न मुड़ाते हों?''

''यानि नाम तय!''

''तय!'' सभी एक स्वर हुए।

प्रसन्नचित्त पत्नी ने आँखें मूँद बालाजी को मन-ही-मन स्मरण नमन किया।

सभी के चेहरों पर रोशनी फैल गयी।

प्राथमिकता

मामा ने पिछले पत्र में लिखा था माँ को—उमेश की कतई चिन्ता न करो, दीदी...ईश्वर का दिया सब कुछ है मेरे पास। जब तक उसके रहने-खाने का कोई समुचित प्रबन्ध नहीं हो जाएगा, मैं उसे अपने पास ही रखूँगा...

आज के जमाने में कौन किसकी जिम्मेदारी निभाता है! माँ पत्र पढ़कर निश्चिन्त हो गयी। चलो, छोटा इतना लिहाज तो कर रहा है। बच्चू की नौकरी लगवायी...पास ही रख रहा है, कम है?

मामा की सम्पन्नता के साथ कोई भी उपहार मेल नहीं खा रहा था जो माँ उसके साथ मामी और बच्चों के लिए भिजवातीं। बड़े द्वन्द्व के बाद उन्होंने संग सन्तरों का एक झाबा टिका दिया, "नागपुर से तो लन्दन तक ललकते ले जाते हैं लोग...यही लिये जा, बच्चे बड़े शौक से खाएँगे।"

टैक्सी के रुकने की आवाज के साथ मामी बरामदे में आ गयीं। उसने अपनी अटैची और सन्तरे का झाबा ड्राइवर की सहायता से टैक्सी से उतरवाया

फिर बरामदे की सीढ़ियाँ लगभग फलाँगते हुए मामी के पाँव छूने लपका।

''खुश रहो!'' कहकर वे अफसोस-भरे स्वर में बोलीं, ''कोई दिक्कत तो नहीं हुई आने में, बच्चू?...गाड़ी नहीं भेज पायी स्टेशन...ये तो अपने साथ ही ले जाते हैं...मेरी आज अंजू ले गयी अपने संग विश्वविद्यालय...''

वह सकुचाती हँसी हँस दिया और पलटकर बरामदे की सीढ़ियाँ उतरने लगा, अपना सामान उठाने के लिए।

''छोड़ो-छोड़ो...रामू ले आएगा न!'' फौरन मामी ने रामू को पुकारा।

रामू सम्भवत: किसी काम में उलझा हुआ रहा होगा, तभी तो मय सामान विशाल बैठक आधी पार कर लेने के बाद वह हड़बड़ाया-सा सामने से आता दिखा।

''पाँयलागी दद्दा!'' रामू ने उसके पाँवों की तरफ हाथ बढ़ाकर उसके हाथों से सामान लेना चाहा। मगर अचानक मामी के चेतावनी-भरे कठोर स्वर ने उसे टोक दिया, ''पहले जरा कालीन तो साफ कर ले...झाबे में से फूस निकलकर गिर गया है...''

उसे छोड़ रामू फुरती से कालीन पर झुककर फूस के कुछ बिखरे हुए तिनके समेटने लगा।

नसीहत

एक बच्चे की गिड़गिड़ाहट ने तन्मयता भंग की, "सुबू से भुक्का हैं मेम साब! एक दस पैसा पेट के वास्ते...आपका बाल-बच्चा सुखी रहेगा..."

पत्रिका से दृष्टि हटाकर उस बच्चे को देखा। खासा हट्टा-कट्टा चण्ट बच्चा लगा वह। मैंने आदतन नसीहत टिका दी—"जाओ, जाकर कहीं काम-धाम करो। इतने बड़े होकर भीख माँगते शर्म नहीं आती?" कहकर मैंने एक बार बस की प्रतीक्षारत लम्बी क्यू को देखा, फिर पत्रिका में उलझ गयी। भीख देना मेरे उसूल के खिलाफ है। तभी यह एहसास हुआ कि बच्चा सचमुच भूखा है तो बजाय उसे पैसे देने के खाने के लिए कुछ खरीद देती।

"...आती तो है मेमसाहब! पन कौन काम देता है हम सड़क-छाप को?" उसने मेरी उपेक्षा की परवाह न कर ढिठाई से कहा।

"क्यों नहीं देंगे?" मैंने प्रतिप्रश्न किया—"ईमानदारी और मेहनत से काम करने का वादा करो तो...कौन नहीं रखेगा? घरेलू नौकरों की कमी तो हर घर में है...मगर, सच तो यह है कि काम तुम लोग करना चाहो तब न! फोकट का खाने को मिलता है तो मेहनत क्यों करोगे भला। जाओ तंग मत करो..."

लड़का तेज भी था, अड़ियल भी। टला नहीं, बोला, "आपको नौकर की जरूरत है?"

"हाँ, है तो..."

"तो फिर...आपुन को काम पर रख लो न!...शपथ! चोरी-चपाटी की अपने को आदत नईं...जो बोलेगा, सब करेगा, घर का एक कोने में पड़ा रहेगा...मंजूर?"

मैं उसके जवाब से पेसोपेश में पड़ गयी। पूरे वक्त के लिए एक नौकर की मुझे सख्त जरूरत थी। दफ्तर और घर साथ-साथ चल नहीं पा रहे थे। कितनी बार कहा इन्होंने कि एक नौकर क्यों नहीं रख लेतीं। पर मुश्किल तो यह थी कि खा-पीकर भी नौकर सौ रुपये से कम पगार नहीं माँगता था और इतनी तनख्वाह देना मेरे बस का नहीं था। सोचा, यह तो छोटा है, ताबे में भी रहेगा और काम भी ढंग का सीख जाएगा। पगार भी ज्यादा नहीं देनी पड़ेगी। पूछा, "तुम्हारे माँ-बाप किधर रहते हैं?"

"माँ अपना बचपन में मर गया। बाप है, पन बाप ने तीसरी शादी बनाया। वो उधर 'भारत नगर' का झोंपड़पट्टी है न, उधरीच रेता।"

"ठीक है। मैं तुम्हें रख लूँगी। अपने घर ले चलो। तुम्हारे माँ-बाप से तय कर लेती हूँ कि आज से तुम हमारे घर रहोगे..."

"माँ से क्या पूछना, मेमसा'ब! अपन माँ से अलग रेता है। निकाल दिया उसने घर से..."

"क्या मतलब?"

"बोत खडुश है वो, अक्खा दिन भुक्खा रखती थी। क्या करता, अपुन पड़ोस का 'बेकरी' से पाव चोरी करने कू लगा। एक दिन हाथ आ गया सेठ के...वो मारा...दे दिया पुलिस को...माँ-बाप बोल दिया—मैं उसका बच्चा नईं। थाने से छुट्टा तो टिकटघर का सामने हमाली करना शुरू किया...पन...बिल्ला माँगता न हमाली करने का वास्ते...एक दादा के घर में रेता मैं। 'भीख' का पइसा वोइच लेता। फकत सुब्बू-शाम खाने को देता...तुम हमारा पर ईश्वास करो...अपुन दगा नहीं करेगा...नक्की...रख लो न मेमसाब!..."

उसके इतिहास ने मेरी हिम्मत निचोड़ ली। घर नहीं, घाट नहीं, तिस पर लफंगों का साथ। घर थोड़े ही लुटवाना है मुझे!

"देखो, सच तो यह है..." मैंने फौरन बात पलटी, "मेरे पास पहले से

ही एक नौकर है, तुम्हें रखकर क्या करूँगी। हाँ, यह लो पाँच रुपये।'' मैंने उसे 'पर्स' में से फौरन पाँच रुपये का नोट निकालकर थमाते हुए कहा, ''कुछ धन्धा कर लेना...बूट पालिस का या रूमाल-उमाल बेचने का...छोटी-मोटी चीजें बहुत-से बच्चे ट्रेनों में बेचते हैं।''

बस प्रतिक्रिया में तमतमा उठा। पाँच का नोट मेरे चेहरे पर उछालकर बोला, ''भीख दो न मेमसाब भीख! दस पैसा...पाँच पैसा...सीख क्यों देता है? जब तुम खुदीच हमारा पर ईश्बास नई कर सकता...नईं माँगता। रखो अपना पैसा...'' और वह मेरी नसीहत का खोखलापन मुझ पर ही पटककर सर्र से भीड़ में गायब हो गया।

मर्द

"आधी रात में उठकर कहाँ गयी थी?" शराब में धुत्त पति बगल में आकर लेटी पत्नी पर गुर्राया।

आँखों को कोहनी से ढाँकते हुए पत्नी ने जवाब दिया, "पेशाब करने।"

"एतना देर कइसे लगा?"

"पानी पी-पी कर पेट भरेंगे तो पानी निकलने में टेम नहीं लगेगा?"

"हरामिन, झूठ बोलती है? सीधे-सीधे भकुर दे किसके पास गयी थी?"

पत्नी ने सफाई दी—"कऊन के पास जाएँगे मौज मस्ती करने! माटी गारा ढोती देह में पिरान हैं?"

"कुतिया..."

"गरियात जिन, जब एतना मालुम है किसी के पास जाते हैं तो खुद ही जाके काहे नहीं ढूँढ़ लेते?"

"बेसरम बेहया...जबान लड़ाती है! आखिरी बार पूछ रहे हैं—बता किसके पास गयी थी?"

पत्नी तनतनाती उठ बैठी—"तो लो सुन लो, गये थे किसी के पास। जाते रहते हैं। दारू चढ़ाके तो तू किसी काबिल रहता नहीं..."

"चुप्प हरामिन, मुँह झौंस दूँगा जो मुँह से आँय बाँय बकी। दारू पीके मरद मरद नहीं रहता?"

"नहीं रहता।"

"तो ले देख, दारू पीके मरद मरद रहता है या नहीं!" मरद ने बगल में लुढ़का पड़ा लोटा उठाया और औरत की खोपड़ी पर दे मारा।...

भूखे-नंगे

उनकी परेशानी तो देखिए! लोईयाँ बाँटनी हैं उन्हें। लोईयाँ बाँटते हुए तस्वीरें खिंचवानी हैं। तस्वीरें खिंचवाना इसलिए जरूरी है कि बड़ी समाजसेविका बनने की होड़ ने उन्हें कुछ नवनिर्मित मूल्यों से जोड़ा है और जिन्हें अब शार्टकट कहने का चलन लगभग समाप्त हो चुका है। मानी हुई बात है! विदेशों से करोड़ों रुपये आसानी से हाथ नहीं आते। कम पापड़ बेलने पड़ते हैं! घर के निचले हिस्से में 'कर्म' की बड़ी-सी तख़्ती लटकवायी। संस्था का पंजीकरण करवाया। संस्था का अलबम अभी कुछ पतला है। खासी विदारक तस्वीरों की जरूरत है उसमें। उनके विकासशील देश को हमेशा गरीब देखना चाहते हैं विदेशी। विदारक तस्वीरें देखकर ही उनके मन पिघलते हैं। पिघला मन लिये हुए उनका प्रतिनिधि दौड़ा आता है। संस्था के क्रियाकलाप का मुआयना करता है। तब कहीं जाकर अनुदान का चेक हाथ लगता है।...

अब लोईयाँ बाँटनी हैं तो ग़रीबों को ही तो बाँटनी हैं! दिल्ली जैसे महानगरों में ग़रीबों का टोटा पड़ा हुआ है। ढूँढ़ना आसान नहीं। ढूँढ़ते-ढूँढ़ते चिरागों का तेल सूखने लगता है। हरिद्वार जाकर बाँटनी होतीं तो कोई मुश्किल

न होती। नंग-धड़ंग साधुओं से काम चल जाता। मगर हरिद्वार चेप्टर तो अभी खुला नहीं है संस्था का।

सराय कालेखाँ वाला फ्लाईओवर कैसा रहेगा? अधबने फ्लाईओवर के बने हुए हिस्से में पचासों मजदूरों ने सपरिवार डेरा डाल रखा है। मगर समझ में नहीं आता कि चिल्ला जाड़े के मौसम में भी ये मज़दूर मज़दूरिनें आधी बाँह का स्वेटर लटकाये, मौसम को आँखें दिखाते जोर-शोर से काम में जुटे हुए हैं! इतने बेफिक्र चेहरे विदारक तस्वीरें नहीं दे सकते। उनका उद्देश्य व्यर्थ ही जाएगा, जिसका व्यर्थ जाना उनसे सहन नहीं होगा।

सफदरजंग अस्पताल पर आते-जाते नज़र गयी है उनकी। सुदूर गाँव खेड़ा से इलाज करवाने या किसी लगे-सगे का इलाज करवाने आये किस्मत के मारे, पैबन्द लगी चादरों में लिपटे, अस्पताल के अहाते के भीतर ठिठुरते, दाँत किटकिटाते दिखाई पड़े हैं उन्हें। ठण्ड निर्मोही इधर चार डिग्री पर उतरी हुई है। कैसे गुज़र होती होगी उनकी? उच्छ्वास फूटा। दिल पिघला। उनका पिघला तो उनकी तस्वीरें देख विदेशी आसामियों का भी पिघलेगा। असली गरीब वही हैं। उन्हीं को उनकी सेवा की जरूरत है। लोईयाँ उन्हें ही ओढ़ानी होंगी।

वहाँ पहुँचकर उनकी कहानी उन्हीं की जुबानी सुनकर छाती में कीलें-सी ठुक गयीं। इलाज की खातिर बेबस लाचार लू-लपट वाले मौसम में गाँव से चले थे। इलाज का नम्बर लगते-लगाते चिल्ला जाड़े आ टपके। जेबें खाली हो गयीं। संग लाया राशन-पानी का कनस्तर भी। मगर उनके बीच डोलते-परखते उनकी करुणा सकपकायी! इलाज की अपनी बारी की प्रतीक्षा में अब तलक इनकी पसलियों पर माँस चढ़ा हुआ है? पिघल कर बह नहीं गया? तस्वीरें उन्हें सही नहीं मिलेंगी। मामला हृष्ट-पुष्ट नज़र आएगा। उसे नज़रन्दाज़ कर लोईयाँ भेंट करना दानदाता जैन सोसाइटी की उन परोपकारी भावनाओं का अपमान करना होगा, जिन्हें उनके आलीशान फ्लैटों में जाकर उन्होंने भौतिक सुखों से लदे-फदे उनके परम सन्तुष्ट जीवन को, इस बात के लिए प्रेरित किया कि वे तनिक अपने उन निर्धन भाई-बहनों के विषय में भी सोचें, जो इस चिल्ला जाड़े में फटी कथरियों और चीथड़ों में गुज़र करने को अभिशप्त हैं!

ये पैंसठ लोइयाँ उनकी पिघली करुणा का ताप हैं—ऐसे ही लुटा दें? दूरभाष पर उनकी खास सखी उनकी चिन्ता से चिन्तित हुईं। सुझाया। जितनी

मेहनत की है कुछ और कर लें। दिल्ली के दूसरे छोर पर स्थित द्वारका चली जाएँ। वहाँ एशिया की सबसे बड़ी रिहायशी कालोनी बन रही है। उड़ीसा और बिहार से आये मजूर वहाँ ठेके पर काम कर रहे हैं। पुलिस की सेवा कर ठेकेदार उन्हें औनी-पौनी मजूरी टिकाता है। दो रोज चूल्हे पर हाँडी चढ़ती है तो चार रोज़ औंधी पड़ी रहती है। चौराहे पर रुकी परोपकारी गाड़ियाँ जो चवन्नी अठन्नी उनके नकफुस्सड़ बच्चों की हथेलियों पर टिकाती हैं—उन्हीं से सूखी पाव चबाकर गाढ़ा समय काट लेते हैं। उनसे ज्यादा भूखे-नंगे दिल्ली में अन्यत्र मिलना सम्भव नहीं।

बात गले उतरी। तस्वीरें खूब मिलेंगी। जैसे पहले जमुना जी के पुश्तों पर मिला करती थीं।

वहाँ पहुँच उनकी आँखों की रोशनी दिपदिप करने लगी। सड़ाँध-भरी नाली पर टिकी जर्जर झोंपड़ियों ने आश्वस्त किया। ईटों और पत्थरों से चँपी झोंपड़ी के ऊपर की छावन बनी टुकड़ा-टुकड़ा तिरपाल, आरी-सी चल रही बर्फीली हवाओं में फड़फड़ा रही थी। मानो उड़ने की ताक में हो। आँखों में उमड़े आँसुओं पर आँचल दे उन्होंने एक झोंपड़ी के भीतर झाँका। कैमरे को निकट बुलाया। कैमरा मुस्तैद हुआ। मगर तभी ईंटों के ऊपर लपलप लपटें भर रहे चूल्हे को देख और चूल्हे के ऊपर चढ़ी खदकती हाँडी को देख उनका जी बैठ गया। जिनके चूल्हे चिल्ला जाड़े में लपट भर रहे हों, वे भूखे नंगे नहीं हो सकते। ग़लत जगह वे सम्पन्न लोगों की परोपकारी भावनाओं को खर्च नहीं कर सकतीं। पाप नहीं लगेगा उन्हें?

लोईयों का क्या है! अगले माह बहन के बेटे का ब्याह है। सेवा टहल वालों के नेग-न्यौछावर में काम आएँगी।

तस्वीरों की चिन्ता झटकी उन्होंने। हो जाएँगी। अगल-बग़ल की सोसाइटियों से अभी बहुत-से गर्म कपड़ों की खेप आनी बाकी है। यहीं आकर इन्हीं मजूरों से कह देंगी। गर्म कपड़े चाहिए तो तनिक अपने चूल्हों पर पानी उड़ेल दें!...

दूध

दूध घर के मर्द पीते हैं।

क्योंकि वे मर्द हैं।

उसका काम है—दूध के गुनगुने गिलास को सावधानीपूर्वक उन तक पहुँचाना। पहुँचाते हुए वह हर रोज़ दूध के सोंधे गिलास को सूँघती है। पके दूध की गन्ध उसे बौरा देती है।

एक रोज़ माँ और दादी घर पर नहीं होतीं तो वह चट-पट कोठरी खोलकर दुधहड़ी से अपने लिए दूध का गिलास भरती है और घूँट भरने को जैसे ही गिलास होठों के पास ले जाती है—घर के उड़घे किवाड़ भड़ाक से खुल उठते हैं। उसके होठों तक पहुँचा गिलास हाथ से छूट जाता है और दुधहड़ी पर जा गिरता है। मिट्टी की दुधहड़ी के दो टुकड़े हो जाते हैं। कोठरी की गोबर-लिपी कच्ची फर्श पर गुलाबी दूध चारों ओर फैल जाता है। निकट आयी भौंचक्क माँ को देख वह थर-थर काँपती पश्चाताप व्यक्त करती माफ़ी माँगती-सी कहती है—

"मैं, मैं..."

''दूध पी रही थी कमीनी?''

''हाँअ...''

''माँग नहीं सकती थी?''

''माँगा था, तुमने कभी दिया नहीं...''

''नहीं दिया तो कौन तुझे लठैत बनना है जो लाठी को तेल पिलाऊँ?''

''एक बात पूछूँ माँ?'' आँसू-भीगी उसकी आवाज़ अचानक ढीठ हो आयी।

''पूछ!''

''मैं जनमी तो दूध उतरा था तुम्हारी छातियों में?''

''हाँ...खूब। पर...पर तू कहना क्या चाहती है?''

''तो मेरे हिस्से का छातियों का दूध भी क्या तुमने घर के मर्दों को पिला दिया था?''

धर्म

इस फ़्लैट का इण्टरकाम बज रहा था।

औरतें एक-दूसरे को सोसाइटी में घटी अविश्वसनीय और लगभग उन्हें अवाक् कर देनेवाली घटना की सूचना परस्पर बाँट रही थीं कि सोसाइटी की सुरक्षा के तामझाम को मुँह चिढ़ाती बी-108 में बंसल साहब के घर साढ़े चार लाख रुपयों की चोरी हो गयी है। भवन-निर्माता बंसल साहब अपनी श्रीमती और बच्चों समेत, बड़े भतीजे की आकस्मिक मौत की ख़बर सुन पानीपत बड़े भाई के घर गये हुए थे। घर की तीनों नौकरानियों को उन्होंने घर से निकलने से पूर्व आवश्यक काम फटाफट निपटा देने के लिए कहा था। नौकरानियों को यह भी सूचित कर दिया था कि चौथे से पहले उनका घर लौटना सम्भव नहीं। चौका-बासन करनेवाली सावित्री से उन्होंने इतना-भर आग्रह किया था कि उनकी अनुपस्थिति में वह, सी-ब्लाक में त्रिशला जैन के घर जिस समय भी टहल के लिए आए, उनके बरांडे में सजे गमलों को आकर पानी देना न भूले। सामनेवाली श्रीमती कपूर से वह कह जाएँगे। पानी वह उनके घर से ले ले। माया घर की रसोई बनाती है और जवान सुशीला गोदी की सोमा की सुबह

साढ़े नौ से शाम छह बजे तक देखभाल करती है। सो उनकी तो पूरी छुट्टी। चार की सुबह वह निश्चित ही नौ साढ़े नौ तक घर वापस लौट आएँगे। ध्यान रहे। चार की सुबह तीनों समय पर आ जाएँ।

चौथे से लौटकर अवसाद और आघात से बोझिल होते हुए भी उन्होंने तीनों नौकरानियों से सामान्य दिनों की भाँति, घर के सारे कामकाज निपटवाये। पाँच की सुबह कार्यालय जाने के लिए तैयार होते हुए बंसल साहब ने पत्नी से घर में रखवाए गये साढ़े चार लाख रुपये निकाल देने के लिए कहा। सात को कार्यालय कर्मचारियों को तनख्वाह ही नहीं देनी होती, निर्माण-स्थल के मजदूरों को मजूरी भी देनी होती है।

उसी क्षण पता लगा। रकम तिजोरी में नहीं है। चौथे से लौटने पर श्रीमती बंसल को गोदरेज की अलमारी खुली हुई मिली थी। चकित होने के बावजूद उन्होंने सोचा, चलने के समय दिल-दिमाग ठिकाने नहीं था। जरूरत के लिए अलग से रखे रुपये भी निकाले थे। लॉक करना भूल गयी होंगी।

बदहवास मनःस्थिति में सारा घर खोज मारा।

कई-कई बार खोज लेने और निराशा हाथ लगने के बाद बंसल साहब रिपोर्ट लिखवाने पुलिस स्टेशन दौड़े।

पुलिस ने घर का कोई कोना नहीं छोड़ा। उसे विस्मय इस बात से हुआ, कीमती चीज़ों से पूरा घर अटा हुआ है। चोर चोरी करने के ख़्याल से घर में घुसेगा तो केवल साढ़े चार लाख रुपये चुराकर ही सन्तुष्ट हो जाएगा?

घर की नौकरानियों पर पुलिस को शक हुआ। उनके अलावा कोई अन्य नहीं जानता कि साढ़े चार लाख रुपये अलमारी में तिजोरी के अन्दर रखे हुए हैं। श्रीमती बंसल का कहना था, उन्हें अपनी नौकरानियों पर विश्वास था। रुपये-पैसे वह उनसे बहुत छिपाती नहीं थीं। घर के अन्य ताले नहीं टूटे। स्पष्ट है कि अलमारी और मुख्य द्वार की नकली चाबियाँ आँख बचाकर पहले ही बनवा ली गयी होंगी। इन्तज़ार था तो केवल ऐसे सुअवसर का जो हाथ-सफ़ाई में बाधा-व्यवधान न पैदा करे।

तहकीक़ात में पाया गया। माया छद्म नाम से उनके घर काम कर रही है। उसके दोनों बेटे याकूब और यूसुफ किराए का रिक्शा चलाते हैं। याकूब कबाड़ी का काम भी करता है। गँजेड़ी है। चिल्ला गाँव की कई संगीन वारदातों में उसका नाम आया है। याकूब दो दिनों से घर से गायब है। माया यानि की

इस्मत पर संशय की सुई ठहर गयी। बेटे को मदद करने के ख़्याल से ही सोसाइटी में नाम बदलकर काम किया जा रहा है।

सवालों की झड़ी ने माया के मुँह में ताले जड़ दिये।

दरोगा खीझे। चुप्पी का मतलब है—षड़यन्त्र में हिस्सेदारी!

"हवालात में बोलेगी।" दरोगा ने श्रीमती बंसल को आश्वस्त किया।

घबड़ाकर माया ने श्रीमती बंसल के पाँव पकड़ लिये। लोगों को उनके घर की हालत का क्या पता! याकूब तो उनके पानीपत जाने के पहले से ही गायब है। पेट के जाए ढंग क़ायदे के होते तो मुसीबत की मारी को इस उम्र में पेट पालने को दूसरों की चौखट धरनी पड़ती? याकूब के संग पुलिस को जो करना है करे। उसे बख़्श दे। वह निर्दोष है। मरे पति की कबर पर हाथ धरके कह सकती है।

"तो फिर सोसाइटी में नाम बदलकर क्यों काम कर रही है?" श्रीमती बंसल आपा खोकर चीखीं।

"काम पाने की खातिर बीबी जी!"

"क्या बक रही है?" अबकी दरोगा जी चीखे।

"खुदा की कसम! काम पाने की खातिर ही नाम बदला है हमने। जिस भी सोसाइटी में काम माँगने जाते, नाम सुनते ही लोग मुँह फेर लेते! आपके गेट के चौकीदार शुक्ला ने सलाह दी—तू ठहरी मुसलमान। हिन्दुओं के चूल्हे-चौके में तुझे भला कौन घुसने देगा? ऊपर से यह ठहरी जैनियों की सोसाइटी। माँस-मछली खाना भी मना है। एक काम कर। नाम बदल ले तू अपना। पासपोरट साइट के दो फोटू खिंचवा ले। काम मिल जाएगा। इन-इनके घर चली जा। चली गयी। काम मिल गया। शुक्ला के कमीशन के पचास रुपये देने थे। परली कोठी वाली की तनख़्वाह मिलते ही दे दिये उसे।"...

कुछ देर हिचकियों में डूबती उतराती रही माया, फिर बोली, "विश्वास न हो तो चौकीदार शुक्ला को ऊपर बुलवा लो और उससे पूछ लो बीबी जी! दोज़ख नसीब हो हमें बीबी जी, जो हमने आपकी रकम पर निगाह भी डाली हो..."

घर

8 मार्च, '99

—टूटते जाड़े का वह मटमैला-सा उदास दिन था।...

शिप्रा,

बालकनी से लगे तारों पर मैं कपड़े सुखाकर पलटने को ही थी कि तभी दरवाजे की उतावली घण्टी ने मुझे अपनी ओर खींचा।

पड़ोस के किशोर ने सूचना दी — ''आण्टी, उस बूढ़े अंकल की मौत हो गयी है जिससे महीने-भर पहले आपका झगड़ा हुआ था। नीचे ठेलेवाले ने बताया।''

शिप्रा के हाथ से बाल्टी छूट गयी। बाल्टी पर पकड़ ढीली नहीं थी, खबर ने मुट्ठी की जान खींच ली। हफ्ता होने को आया उसे पुलिया पर बैठे घर की ओर ताकते नहीं पाया। लगा, मुझे उससे नहीं, उसे वहाँ देखने की अपनी आदत से छुटकारा पाना है। मगर आदत थी कि मेरी चेतावनी की उपेक्षा करती हुई उस बूढ़े से अलग होने को राजी नहीं थी। शायद इसीलिए उसके पुलिया पर न होने के कारणों ने हर दिन कुछ उद्विग्न किया।

''ठेलेवाले से पूछ सकते हो बेटे, कि क्या वह उस बूढ़े के घर का पता

जानता है?"

शुभम और नेहा को स्कूल से लौटने में दो घण्टे की देरी थी। तब तक उसे देखकर लौट आना होगा। घर की चाभी फिर भी किशोर के घर रख देनी होगी। तय हो गया मन में। कपड़े जैसे हैं वैसे ही चलेंगे। पता तो मिले!

ठेलेवाले ने गली बता दी। घर नहीं। गली में पहुँचते ही घर पूछपाँछ से पता चल जाएगा। त्रिलोकपुरी अट्ठाईस ब्लाक!

पुलिस में शिकायत दर्ज़ करवायी थी मैंने :

'सुबह नौ-दस के बीच इमारत के सामने सड़क पार पुलिया पर बैठा एक बूढ़ा घण्टों मेरे घर की ओर ताकता रहता है। परेशान हूँ। विधवा हूँ। दो किशोर बच्चों के संग अकेली रहती हूँ। ससुराल वालों की आये दिन की प्रताड़ना से बचने, ज़हर न खाकर बच्चों को शिक्षित करने के ख़्याल से, एन्काउण्टर में मरे हवलदार पति का मुआवजा लेकर इस घर को मायके की मदद से खरीदा है मैंने। नौकरी की तलाश में हूँ। हिन्दी पढ़ाने के लिए पब्लिक स्कूलों के चक्कर लगा रही हूँ। नौकरी लग जाए तो संग बी.एड. भी कर लूँगी। हवलदार की पेंशन ही कितनी होती है! ऊपर से सन्दिग्ध से लगते उस बूढ़े की मुसीबत चैन नहीं लेने दे रही। बूढ़ा देखने में छटा हुआ बदमाश लगता है। बिना मर्द के औरत को रहता पाकर लूटने लाटने की घात में होगा। शुभम और नेहा को तकरीबन रोज ही चेतावनी थमाकर स्कूल भेजती हूँ। अजनबी से बोलने-चालने की जरूरत नहीं। ललचाकर उनसे कोई चीज लेने लिवाने की जरूरत नहीं। अपहरण की वारदातों से पूरा शहर त्रस्त है...'

पुलिस ने एफ.आई.आर. पर फुर्ती दिखायी। रिश्ता निबाहा। बूढ़े को धर दबोचा। पूछताछ के लिए मुझे भी बुलवा भेजा।

बूढ़ा करीब से बहुत बूढ़ा लगा। पुलिस का झन्नाटेदार तमाचा नहीं झेल पाया। कुर्सी समेत फर्श पर उलट गया।

मैंने मना किया। मारपीट की आवश्यकता नहीं। केवल बूढ़े से कह दें— मेरे घर की पुलिया पर बैठना बन्द कर दे और घर पर नज़र रखना।

बूढ़ा मार खाकर नहीं रोया। मेरी बात सुनकर सुबकियाँ भरने लगा...

सुबकियाँ भरते हुए उसने बताया—जिस घर में मैं रहती हूँ—उसके बेटे का है। उसी घर में पोते-पोतियाँ और उसके संग बेटे-बहू किराए पर रहते थे। सुख सावन की झींसी-सा पूरे परिवार को फुरफुराता पुलकाता रहता।

अचानक एक रोज...निर्दयी खग्रास ने उससे उसके आँखों की रोशनी छीन ली।...

हिचकियों की खिंचन से बूढ़े की बत्तीसी कमज़ोर मसूढ़े छोड़ उसके काले सिकुड़े लटके ओठों पर आ गयी।

उसके दुःख से विह्वल मुझे ही उसे चुप्प कराने आगे आना पड़ा। आखिर हुआ क्या, जिज्ञासा पुलिसवालों के मुँह पर भी लटकी दिखी।

बताया। बच्चे जाने कब से बर्फ़ देखने को ललक रहे थे। टैक्सी लेकर मसूरी गये। अट्ठाईस दिसम्बर उनकी वापसी का दिन था। चीतल के पास उनकी गाड़ी फ्रिज लदे ट्रक से टकरा गयी; पूरा परिवार समाप्त हो गया। उसे घर छोड़ना पड़ा। गाँव के मामूली से अध्यापक की चुटकी-भर पेंशन का बूता नहीं था कि उस घर का किराया चुका पाती।

नजदीक त्रिलोकपुरी में ही एक कमरा किराये पर ले लिये, ताकि आते-जाते उस घर को देख सके। उन दीवारों को छूना चाहता है जिनमें उसके बच्चों की साँसों की गन्ध पैठी हुई है! खिलखिलाहटें मँडरा रही हैं। उसे महसूस होती हैं। कुछ दिनों घर बन्द पड़ा रहा, मगर पुलिया पर बैठने का उसका नियम नहीं टूटा।

...पुलिया पर बैठे हुए वह बालकनी के तार पर जब उसके बच्चों के रंग-बिरंगे कपड़ों को फड़फड़ाता हुआ पाता है, बच्चे उसके पास किलकारियाँ भरते हुए दौड़ आते हैं!

एक एहसान करें उस पर। जब तक वह जीवित है उसे उसके घर की पुलिया के सामने बैठने की अनुमति दें! घर के दरवाजे पर वह कभी दस्तक नहीं देगा। यकीन करें उसका!...

रिक्शे से उतरकर उसके कमरे को ढूँढ़ उसकी निर्जीव काया तक पहुँची तो पाया—वह न जाने कितने लोगों से घिरा हुआ है। उसने तो कहा था, उसका कोई नहीं। न इस शहर में न गाँव घर में।

लोगों ने बताया। वे पड़ोसी हैं। बूढ़े को कई रोज से बुखार आ रहा था। डेढ़-दो घण्टे पहले ही प्राण छूटे हैं। डॉक्टर ने उसका मृत्यु-प्रमाणपत्र मकान मालिक को दे दिया है। पुलिस आ रही है। लावारिस लाश का दाह-संस्कार वही करेगी।

सिरहाने खड़ी हो जैसे ही मैंने बूढ़े के माथे पर हाथ रखा, तुम्हें यकीन नहीं आएगा, उसकी अधमुँदी पलकें उठीं और खुली आँखों ने मुझसे कहा, "तुम आ गयी बहू!"

आवाज़ उसी की थी। आवाज़ मैंने उसकी सुनी थी। भूली नहीं थी। भुला देनेवाली थी भी नहीं। कैसे भूलती शिप्रा!

हलचल हुई फुसफसाहटें संकेत करने लगीं।—"हटिए, हटिए, स्ट्रेचर को खटिया तक ले जाना होगा।"

गठरी हो आई काया को बेदर्दी से पुलिस के जवानों ने स्ट्रेचर पर खींचा।

पता नहीं अचानक मुझे क्या हुआ। गले से चीख-सी फूटी :

"रुकिए! किसने आपसे कह दिया ये लावारिस हैं? इनका कोई नहीं? इनका पोता शुभम है न, वही मुखाग्नि देगा अपने दादा को..."

शिप्रा!

उन्होंने अपनी बहू को पहचाना, बहू उन्हें कैसे न पहचानती!

□□

परिशिष्ट

लघुकथा : हिन्दी साहित्य का रचनात्मक आयाम

—**डॉ. सतीश दुबे**

आठवाँ दशक हिन्दी-साहित्य के रचनात्मक आयाम की दृष्टि से लघुकथा और ग़ज़ल के सन्दर्भ में विशेष रूप से चर्चित रहा, ऐसा माना जाता है। एक बात और मार्क की गयी होगी, वो ये कि इस दशक में कहानी-उपन्यास लेखन में जिस तेजी के साथ महिला लेखिकाएँ नये चेहरे के रूप में उभरीं, उतने लेखक नहीं। इस प्रकार कि तमाम लेखिकाओं के बीच विशेष संवेदनशील लेखन के कारण अपनी अलग-अलग पहचान जिन कुछेक लेखिकाओं ने बनायी उनमें चित्रा मुद्गल भी एक हैं। लगता है, चित्रा मुद्गल के लेखन का प्रारम्भ बहुत बड़ी लेखिका बनने की महत्त्वाकांक्षा रूपी चौखट में फिट होकर नहीं, बल्कि जन-जन से जुड़ने तक के लिए हुआ। सम्भवतः इसीलिए उन्होंने अपनी कलम को उस विधा पर तराशा है, जिसके माध्यम से वे अपनी बात को अधिक से अधिक खुलकर अभिव्यक्ति दे सकें, और शायद इसीलिए गहरी संवेदना से जुड़ी चित्रा मुद्गल की लेखकीय नागरिकता जितनी अधिक कहानी से जुड़ी उतनी ही

ईमानदारी के साथ लघुकथा से।

चित्रा मद्गल का नाम आठवें दशक की लघुकथा लेखिकाओं के बीच एक महत्त्वपूर्ण नाम है। चित्रा जी जीवन की क्षणिक घटनाओं और अनुभूतियों को छोटे-से कैनवास पर जिस बखूबी से चित्रित करती हैं, उनका वह चित्रण अपने परिवेश का ईमानदार दस्तावेज बन जाता है। कहानी-लेखिका चित्रा मुद्गल को सामने रखकर यदि उनकी लघुकथाओं का आकलन किया जाए तो लगता है, भागमभाग जिन्दगी के बीच घटित होनेवाले विराट जीवन से जुड़े कथ्यों को वह नज़रअन्दाज़ करना नहीं चाहतीं, इसलिए लघुकथा के लिए शाब्दिक आकार पानेवाला कथ्य सहज-सी भंगिमा का परिचय सहजतर में देकर बारूद के विस्फोट-सा अन्तिम प्रभाव देता है।

चित्राजी की तमाम लघुकथाओं से ये यदि कुछ लघुकथाएँ ही सामने रखी जाएँ तो यह प्रामाणिक आधार पर कहा जा सकता है कि शोषित, जुझारू, जिजीविषा के लिए संघर्षरत उन पात्रों ने लेखिका को रिएक्ट किया है, जो मानवीय सम्बन्धों की तलाश में निरन्तर भटक रहे हैं, जीने की अदम्य आकांक्षा व्यक्ति को बचाववादी पक्ष के लिए विपरीत परिस्थितियों के बावजूद किस प्रकार मजबूत बनाता है, इस भयानक स्थिति को बड़ी सीधी पर प्रभावक भाषा में चित्रा जी ने 'गरीब की माँ' में उकेरा है। उनकी लघुकथाएँ गठन की दृष्टि से न केवल कसी हुई बल्कि छोटे से कैनवास पर भी पात्रों के चरित्र को जीवन्तता प्रदान करती हैं, और ऐसा करते हुए वे उन शब्दों का प्रयोग करने में भी नहीं चूकतीं, जिनके लोप करने से चरित्र खण्डित होने की सम्भावना बनी रहती है—

"तेरे कू बोलने को नई सकता?

—क्या बोलती मैं...?

—साआऽली भेजा है मगज में...?

—तेरे कू है न? तू काय को नईं बोलता सेठाणी से? भड़ुवा अक्खा दिन पावसेर मार कर घूमता अऊर... ('गरीब की माँ')

भीख माँगनेवाले बच्चों की मानसिकता पर जितनी सहज

प्रवाहमय अभिव्यक्ति 'नसीहत' में मिलती है, उतनी सम्भवतः किसी मनोवैज्ञानिक पोथी में नहीं। लेखिका ने सुधारवादियों की उस मनोवृत्ति पर करारा थप्पड़ मारा है जो नारे का इको पैदा कर समाज से विसंगतियों को धो डालने में व्यस्त है। रावतभाटा (राजस्थान) की 'पलाश' रंगकर्मी संस्था ने इस लघुकथा के प्रहारात्मक कथ्य के कारण ही सम्भवतः लघुकथाओं की सर्वप्रथम नाट्य प्रस्तुति में इसे चुना। रपट का यह अंश द्रष्टव्य है—"यह दो वर्गों की विषम-आर्थिक एवं सामाजिक स्थिति का अन्तर दर्शाती हुई सम्पन्न वर्ग के अहम पर चोट करती है।"

"इनकी लघुकथाएँ सहज और सपाट होते हुए भी एक नये भावबोध से जुड़ी हुई हैं, यह भावबोध बेबसी की संवेदना का भी है तथा मध्यम वर्ग और निम्न वर्ग की संस्कृतियों, परम्पराओं, मजबूरियों और जिन्दगी की मौजूदा हकीकतों का टकराव भी है।" —अवधनारायण मुद्गल की यह टिप्पणी चित्रा जी की अधिसंख्य लघुकथाओं पर लागू होती है। 'बोहनी' एक ऐसी ही लघुकथा है जिसमें अपंग-भिखारी नायिका से भीख की याचना अच्छी 'बोहनी' हो जाने के लिए करता है। भिखारी की इस याचना में लेखिका धूर्तता नहीं बल्कि संस्कार देखती है, जो उपेक्षित वर्ग के प्रति सहानुभूति का वातावरण भी चित्रित करता है।

बदलती मान्यताओं, व्यक्ति की अन्तर्मुखी मनोवृत्ति, स्वार्थ पर आधारित खोखले रिश्ते, मुखौटे लगाये चेहरे तथा आर्थिक महत्त्व को मान्यता देने वाले वातावरण ने तेजी के साथ जो बदलाव का आकाश पैदा किया है, उसको बड़ी जीवन्तता चित्रा मुद्गल की लघुकथाएँ प्रदान करती हैं। 'पहचान' चित्राजी की एक सशक्त तथा चर्चित लघुकथा है जो मानवीय सम्बन्धों के बीच पैदा हुई शंका की मानसिकता को प्रस्तुत करती है। 'व्यावहारिकता' जैसी रचनाएँ लेखिका की वे लघुकथाएँ हैं जो महानगरीय जीवन जीनेवाले उस निम्न वर्ग की मानसिकता को उजागर करती हैं जो मध्य वर्ग से सहानुभूति बटोरना तो जानता है, किन्तु उसे निबाहना नहीं। सहानुभूति प्राप्त करने के उसके तौर-तरीकों में कनिंगनेस है। अपने प्रति दयालु व्यक्ति को नोंच-खसोट लेने की प्रवृत्ति। ऐसे पात्रों को बेनकाब करते हुए निश्चित

रूप से लेखिका के अवचेतन में यह धारणा रही होगी कि समाज का हर चरित्र चाहे वह उच्च, मध्यम या निम्न वर्ग से सम्बन्धित है, जब तक उसको बेनकाब नहीं किया जाता, समाज में व्याप्त विसंगतियों या दरिन्दी मानसिकता से निजात पाना मुश्किल है।

मराठी तथा गुजराती पाठकों तक 'पहचान', 'कचरा' तथा 'गरीब की माँ' के माध्यम से पहुँचने वाली चित्रा मुद्गल का नाम इसलिए भी महत्त्वपूर्ण है कि उन्होंने लघुकथा को सबसे पहले आकाशवाणी के माध्यम से पूरे देश में घर-घर तक पहुँचाया। विविध भारती के चित्रशाला कार्यक्रम में देश के अनेक हिस्सों में जब उनकी 'ऐब', 'सबक', 'सहयात्री', 'भूख' आदि लघुकथाएँ प्रसारित हुईं तो कई श्रोताओं ने जाना कि लघुकथाएँ क्या हैं...।

जाहिर है कि चित्रा मुद्गल ने अपनी लघुकथाओं में जिन विषयों को छुआ है, उनमें बात बड़ी तल्ख, असरदार तथा क्रान्ति को व्यक्ति के रूप में बेहतर जीवन जीने के लिए कही गयी हैं। ये लघुकथाएँ जीवन से सीधा सम्बन्ध रखती हैं। इनमें जीवन का स्पन्दन है और है आदमी की आदमियत का खुला नक्शा। लघुकथा लेखन के प्रारम्भिक पड़ाव में ही एक लेखिका के रूप में चित्रा जी ने जो कुछ कह दिया वह इतिहास तो है ही, साथ ही है इस संवेदनशील कथा-लेखिका का पाठकों और लेखकों से शाश्वत रूप में जुड़ता हुआ मन, जो आदमी की औकात की तलाश करता हुआ बादल के टुकड़े जैसा भटकती-टूटती, हाथ-फैलाती, रिरियाती या घुर्राती जिन्दगी के बीच कुछ टटोलता, ढूँढ़ता या खोजता रहा।

❑